山口雅也＝製作総指揮

九番目の招待客

オーエン・デイヴィス

白須清美 訳

国書刊行会

OWEN DAVIS

THE NINTH GUEST

Owen Davis
The Ninth Guest
1932

目次

【炉辺談話】『九番目の招待客』

山口雅也（Masaya Yamaguchi）

ようこそ、わたしの奇想天外の書斎へ。ここは——三方の書棚に万巻の稀覯本が揃い、暖炉が赤々と燃え、読書用の安楽椅子が据えられているという——まさに、あなたのような読書通人（ウェル・リード・コノサー）にとって《理想郷（シャングリラ）》のような部屋なのです。

——そうです、以前、三冊で途絶した《奇想天外の本棚》を、生死不明のまま待っていてくれた読者（ワトスン）の皆さん、どうか卒倒しないでください。私の執念と新たな版元として名乗りを上げた国書刊行会の誠意ある助力によって、かの名探偵ホームズのように三年ぶりに読書界に《奇想天外の本棚》が生還を果たしたのです。

甦った《奇想天外の本棚》（KITEN BOOKS）は、従来通り読書通人（ウェル・リード・コノサー）のための叢書というコンセプトを継承します。これからわたしは、読書通人のための「都市伝説的」作品——噂には聞くが、様々な理由で、通人で

も読んでいる人が少ない作品、あるいは本邦未紹介作品の数々をご紹介します。ジャンルについても、ミステリの各サブ・ジャンル、ＳＦ、ホラーから普通文学、児童文学（ジュヴナイル）、戯曲に犯罪実話（ノンフィクション）まで——を、ご紹介してゆくつもりです。つまり、ジャンル・形式の垣根などどうでもいい、奇想天外な話ならなんでも出す——ということです。

《奇想天外の本棚》の今回の配本は、オーエン・デイヴィスの戯曲『九番目の招待客（THE NINTH GUEST, 1932）』です。

先ずは、私が本書に出会った経緯と、本叢書に選定した理由について、申し述べたいと思います。

本書の存在について気づいたのは、アガサ・クリスティーの名作『そして誰もいなくなった』（一九三九年／以下、海外の慣例に従って英字の頭文字をつなげたＡＴＴＮの略称で表記します）の関連・類似作の全貌を調べている時でした。とある映画専門のサイトを見ると、そこには、ＡＴＴＮの先行類似作として映画《The 9th Guest》（1934）というものが挙げられていました。早速取り寄せて観たところ、冒頭のシチュエーションが、ＡＴＴＮのそれにそっくりではありませんか！——正体不明（インヴィジブル）のホストに招かれた八人の男女が、隔絶された環境（こちらはＡＴＴＮの孤島ではなく、電話線が切断・出口には高圧電流が仕掛けられて外界から遮断され

たニューオーリンズ市内随一の高層ビル最上階のペントハウス）に集められます。そこで、ラジオから聴こえてくるホストの声で仄めかされる招待客それぞれの暗い過去の罪障と《死のゲーム》の予告……だが、それは、連続殺人の幕開けに過ぎなかった……。(註1)

——これには本当に驚かされました。この明らかな先駆作の発見を受けて、クリスティーの自伝や創作ノートを精査しましたが、クリスティー本人はATTNに先行するヒントがあったということは（匂わせる箇所はあるものの）明確には認めておりません。また、ネット上には典拠も筆者も不明ですが、「クリスティー自身がこの演劇や映画を観たという証拠はない」との一文があります。この件については折に触れ議論を重ねてきた盟友酔眼俊一郎氏にこの後、語ってもらうことにします。

さて、映画《The 9th Guest》の特異なプロットには、更に依って来たるネタ元の先行作品が二作ありました。オーエン・デイヴィスの戯曲 *THE NINTH GUEST* と夫婦作家チームであるグウェン・ブリストウとブルース・マニングの小説 *The Invisible Host* の二作です。映画のクレジットには戯曲のストーリーに基づいたと明記してある一方、脚本を担当したのは小説を書いたマニングとなっています。ことほど左様に映画版も含めたこれら三作の間には、ややこしい事情があるのですが、そのあたり

の経緯の整理も酔眼氏に任せて、先にも記した、わたしの役目を果たすことにします。

わたしが《奇想天外の本棚》叢書にオーエン作の戯曲を選んだ理由は、次の三点ということになります。

①これがATTNのユニークな設定を世に示した最初の作（上演が1930年の八月から三か月）であるということ。但し、小説 *The Invisible Host* の出版も公演と同年の1930年刊なのだが何月刊行かは現時点で不明であり、私が所持している初版原書にも刊行月は記されていないので、暫定的に舞台公演の方が先という説を採ることにした。

②小説版先行作の *The Invisible Host* はペイパーバック版が容易に入手できるし、最近出た私家版の邦訳もあるので、日本でも所持している友人識者がいるのに対して、より稀覯な戯曲版は存在すらも知られていないという事実。以前、わたしがトーク・ショウで本書について言及したところ、ある日本の評論家をして「ミステリ史を書き換える」発見とまで言わしめた今回の歴史的翻訳事業ということになる。

③クリスティーのATTNの中には、正体不明の招待主U・N・オーエン（ご存じU.（ユー）N.（エヌ）Owen（オーエン）＝Unknown（アンノーン）の意味ですね）が出てくるが、これは、演劇好きだった彼女が、劇作家として著名（ピューリッツァー賞受

賞）な本作の著者オーエン・デイヴィスへ宛てた密かなオマージュと推測される——これがクリスティーと先行作を結ぶ唯一の物証ではないか。ＡＴＴＮの先駆作本命は本作だろう——ということで出版に踏み切った。（註2）

——それでは、この後は『Gストリング殺人事件』の解説が好評を得た酔眼俊一郎氏にバトンを引き渡すことにいたします。

*

酔眼俊一郎（Shunichiro Suigan）

パーティーに集まった人々が、ラジオから流れる謎の主催者の予告通りに、一人また一人と殺されてゆく。著者名はオーエン・デイヴィス(Owen Davis)、そう聞くだけでミステリ・ファンなら誰しもが、アガサ・クリスティーの名作『そして誰もいなくなった』を思い浮かべる事でしょう。

本書は、一九三〇年八月~十月にエルティング四十二番街劇場（現エンパイア劇場）で七十二回公演された、オーエン・デイヴィス作の三幕劇*THE NINTH GUEST*が、一九三二年にSamuel Frenchより戯曲として刊行されたものの翻訳です。この劇は、グウェン・ブリストウ（Gwen Bristow）とブルース・マニング（Bruce Manning）の夫婦作家が書いた処女作*The Invisible Host*（Mystery League 一九三〇年刊）を原作としています。ただ、通常と異なるのが、原作の刊行より前に、演劇として公開された事です。舞台公演の日付は先述の通り。原作の方は、初版にある予告で、次回配本はクリスマス・スペシャルとして函入り五巻セットの案内が載っていたことから、刊行は十月か十一月と考えられます。また、二〇二一年にDean Street Pressから*The Invisible Host*が復刊された際の序文で、ミステリ史研究者（*MURDER in the CLOSET*で二〇一八年度「エドガー賞」評論／伝記部門ノミネート）のカーティス・エヴァンス（Curtis Evans）が、刊行されたのは一九三〇年十一月と明記していたので彼に問い合わせたところ、新聞記事に書いてあったとの事。ですので、この物語の初出は舞台劇だったことになります。

――どうして、そういう事になったのか？

恐らく、ブリストウ&マニングの出版エージェントによる売り込みが、

戯曲*THE NINTH GUEST*原書ジャケット
（サミュエル・フレンチ、1932年初版）

デイヴィスの元にも届いたのではないでしょうか。出版社との兼ね合いで原作の刊行は舞台公演終了後という契約があったとしたのなら、好評だった舞台公演が三か月で閉幕した事も得心が行くのです。

オーエン・デイヴィスはロマンス劇 *Icebound*（『閉ざされて』）でピューリッツァー賞ドラマ部門を受賞し、米国劇作家組合の初代会長だった演劇界の重鎮でした。スコット・フィッツジェラルドの『グレート・ギャツビー』を初めて舞台化（一九二六年）したのも彼で、その後数多く作られてゆく映画版の元となりました。映画脚本も書いており、「私は嫌いな人とまだ会ったことがない」の台詞で有名な、俳優で作家のウィル・ロジャース初のトーキー映画の脚本を書いたのも彼でした。また、三幕物のミステリ劇も数多く書いており、ロックリッジ夫妻の *Mr. and Mrs. North* を舞台化し（一九四〇年に『ニューヨーカー』誌に掲載された三つの短編小説に基づく）、これは映画化もされました（ミセス・ノース役はヴァン・ダインとタイアップした、あのグレイシー・アレン）。彼はミステリ小説好きでもあり、彼が自作を語った著書 *I'd Like to Do It Again*（一九三一年）の中で、エミール・ガボリオの文章を称賛していました。

小説版である原作を書いた共作者の一人――グウェン・ブリストウは、（現在の）コロンビア大学ジャーナリズム大学院出身の才媛で、卒業後にニューオーリンズで記者となります。その地では男性記者からも一目置かれる敏腕記者だったようです。そして、もう一人の原作者、同じ新聞社の記者だったブルース・マニングと結婚することになります。

二人が *The Invisible Host* を書くことになるのは、アパートの隣人が夜遅くまでラジオを流し続ける事に業を煮やし、隣人を如何にして亡き者にしてやろうかと、戯れに殺人計画を二人で練り出したのがきっかけだったそうです。そうして、二人は四冊のミステリ小説をミステリ・リーグ社より出版する事になるわけです。その後、グウェンは単独で米国南部を舞台にした「プランテーション三部作」を発表し、歴史小説のベストセラー作家となります。夫君のブルースはハリウッドで脚本家・映画制作者となり、レックス・スタウトの『毒蛇』の映画作《Meet Nero Wolfe》（一九三六年）や当時の人気スター、ディアナ・ダービン主演の《オーケストラの少女》（一九三七年）等の脚本を書いており、『九番目の招待客』が映画化された際は脚本作りに協力しました（脚色は、映画《ブルドッグ・ドラモンド》シリーズの脚本家ガーネット・ウェストン（Garnett Weston）。

小説 *The Invisible Host* 原書ジャケット
（ミステリ・リーグ、1930年刊初版）

実は、この物語がクリスティーの『そして誰もいなくなった』にインスピレーションを与えたのではないかという評判を呼んだのは、この映画版『九番目の招待客』によるところが大きいと思われます。一九三四年に公開された、「グウェン・ブリストウとブルース・マニングの本を元としたオーエン・デイヴィスの戯曲より」と表記された映画 The 9th Guest は、原作にはあるが舞台では割愛された電報局員が電報を打電するシーンから始まり、映画の特性を活かしたエンディングで締める、名作ミステリ映画として知られています。これは原作者が脚本に関わっていたからこそでしょう。主演のドナルド・クックは一九三四年の映画『スペイン岬の謎』で、初めて映像化された探偵エラリイ・クイーンを演じています。

余談をひとつ、原作であるブリストウ&マニングの *The Invisible Host* を出版した「ミステリ・リーグ社」は、一九三〇年に当時の探偵小説ブームに乗ろうと、独自のマーケティングで得たミステリ小説の読者の六割は女性だというデータを元に、スタイリッシュな表紙の（そのアール・デコ調のカバーはコレクターズ・アイテムとなっています）スリリングなミステリ小説の新刊を、シガー・ストアやドラッグ・ストアのチェーン店で安価で（五十セント。他社出版物の四分の一の価格）毎月販売する

コロンビア映画《The 9th Guest》（1934年）
オリジナル・ポスター

戦略を持って設立された出版社でした。エドガー・ウォーレスの *The Hand of Power* から始め三十作品程刊行しましたが、五年ほどで終焉することになります（実際の書籍刊行は一九三〇年から一九三三年）。ハーパー&ブラザースの巻末袋綴じを真似たり、懸賞を付けるなどの方策を巡らしましたが当初の目論見違いを挽回できなかったようです。先述したクリスマス・スペシャルの函入り五巻セットの中には、ジョン・ロードのマイルズ・バートン名義としては米国初出版となる *The Hardway Diamonds Mystery* が含まれていました。また、エラリイ・クイーンの二人が『エラリイ・クイーンズ・ミステリ・マガジン（EQMM）』の前に発行したミステリ専門誌『ミステリ・リーグ』（一九三三年十月〜三四年一月）は、この出版社から発行され、雑誌名はこの出版社の叢書名に由来します。発行担当者はエラリイ・クイーンの二人だけの雑誌でした。

さて、『九番目の招待客』あるいは、*The Invisible Host* が『そして誰もいなくなった』にインスピレーションを与えたとしたなら、その類似点は何でしょうか。

招待状で一つ処に集められた人達。姿を現さない主催者により告げられるメッセージ。閉塞した状況下で殺されてゆく招待客。確かに酷似してい

ます。

ブリストウ&マニングは先述の通り、作品の発想の原点を記していましたが、クリスティーは『そして誰もいなくなった』の発想のきっかけを書き残しておりません。彼女の自伝には、この作品の中心となるアイディアの難しさに惹きつけられた事と、膨大な量の計画案で想を練り上げた事しか記されていません。クリスティーの書き残したノートを調査したジョン・カランによると、その「膨大な量の計画案」は残っておらず、プロットが固まってから後に書き記されたと思われるノートの記述が残されているだけとのことです。興味深いのは、そのノートに記されている最初の登場人物表では登場人物が八人だということです。これは、『九番目の招待客』と *The Invisible Host* の招待客の人数と一致しています。しかし、重要だと思われるのは、その後に書いたと思われる登場人物表では十二人になっていたことです。これは、『そして誰もいなくなった』の発想の原点が童謡「十人の黒人の子 (Ten Little Nigger Boys Went Out to Dine)」ではない可能性を示唆しています。「十人の黒人の子」が発想の元なら登場人物は最初から十人であるはずだからです。クリスティーの書いた「膨大な量の計画案」での彼女の発想とプロッティングの変遷を知りたいものです。その計画案が発見される事を願います。「十人の黒人の

子」はプロットが固まった後に導入されたアイディアだったのかもしれません。いずれにせよ、『そして誰もいなくなった』が今日でも高く評価される所以は、このプロットと童謡「十人の黒人の子」とを結びつけたクリスティーのアイディアによるのは間違いありません。

一方、*The Invisible Host*と『そして誰もいなくなった』との類似点から見て、ブリストウ&マニングから指摘がありそうなものですが、その記録はありません。クリスティーが*The Invisible Host*を読んだり、『九番目の招待客』の劇や映画を見たという記録もありません。カーティス・エヴァンスによれば『九番目の招待客』は、現在でも学生演劇で上演される演目との事で、互いに作品を見聞きする機会はあったと思われるのですが。

実際のところ、作品の発想の原点となるものが一作品から得られるという事はあまりなく、多くは連綿と連なる作品群や社会状況等の史的な流れから得られているというのが実情ではないでしょうか。事実、『九番目の招待客』と*The Invisible Host*が発表された一九三〇年から『そして誰もいなくなった』が刊行された一九三九年の間にも、似通った状況設定やプロットの作品が多く発表されています。邦訳されているものだけでも、

『緯度殺人事件』ルーファス・キング（一九三〇年）
『死を招く航海』パトリック・クェンティン（一九三三年）
『パニック・パーティ』アントニイ・バークリー（一九三四年）
「八人の招待客」Q・パトリック（一九三六年）
「八人の中の一人」Q・パトリック（一九三七年）

等があります。『緯度殺人事件』は、クリスティーのノートの『マギンティ夫人は死んだ』の項で何度も題名が挙げられているとジョン・カランは書いています。また、クリスティー自身にも『オリエント急行殺人事件』（一九三四年）、『ナイルに死す』（一九三七年）があり、この二作の延長線上に『そして誰もいなくなった』があるように思われます。

特筆すべきは一九三二年公開の映画《魔の家（The Old Dark House）》(註3)です。この映画は「オールド・ダーク・ハウス」テーマという一九五〇年代まで作られ続けた映画ジャンルを築いた作品で、「一つ処の閉塞された状況に置かれた人々が、不穏な雰囲気の中で一夜を過ごさねばならない」という物語です。前年に『フランケンシュタイン』を作ったジェイムズ・ホエールが監督でボリス・カーロフが出演していることから、ホラー映画に分類しているものもありますが、それは間違いで、不穏な雰囲気を不穏なままに描いた心理的スリラー映画です。英国の名優チャールズ・ロート

ンのハリウッド進出の第一作目でもあります。このような状況設定はゴシック小説からあるのですが、「オールド・ダーク・ハウス」というジャンルは、その不穏な雰囲気が超自然的なものではなく、人為的なものであるのが特色です。原作は戯曲『夜の来訪者（*An Inspector Calls*）』で知られる、英国作家J・B・プリーストリーの小説 *Benighted*（米題 *The Old Dark House*）』（一九二七年）で、第一次世界大戦のトラウマの残る英国の精神状況を描いたとされる傑作です。この不穏な精神状況を描いたドラマの直線的流れの下に『パニック・パーティ』やウィリアム・ゴールディングの『蠅の王』（一九五四年）があるように思います。

「オールド・ダーク・ハウス」の名称は《魔の家（The Old Dark House）》をきっかけに生まれたのですが、その流れはさらに遡る事が出来ます。まずは、一九二二年公開のジョン・ウィラード（John Willard）の舞台劇を一九二七年にパウル・レニ（Paul Leni）監督で映画化した《猫とカナリヤ（The Cat and the Canary）》、一九二六年公開のローランド・ウェスト（Roland West）監督の映画《The Bat》（註4）は、同名戯曲（一九二〇年）の映画化で、原作はメアリ・ロバーツ・ラインハートの『螺旋階段』（一九〇八年）を、ラインハートと脚本家エイヴリー・ホップウッドが新たに悪役を加えて舞台用に改作したものでした。い

ずれも何度もリメイクや再演されている名作です。ラインハートには*The After House*（一九一四年）という作品もあり、これは、洋上の船内で十一人の内三人が次々と殺されながらも、誰が殺人者なのかわからず疑心暗鬼のまま漂着したという一八九六年に起きた実在の事件「ハーバート・フラー号事件」の裁判を傍聴した彼女が、それを元に創作した物語です。「オールド・ダーク・ハウス」の流れがラインハートに繋がったとしても不思議はありません。彼女の作風は「もし知っていたら（Had I but known）」として語られることが多いのですが、その作風は別に「ニュー・ゴシック」とも称されました。ゴシック小説の意匠を現代に換え、超自然的なものを廃し、人為的なものに変えた作風だからです。これは「オールド・ダーク・ハウス」と一致するのですから（「オールド・ダーク・ハウス」テーマの作品は、さらには、D・W・グリフィス監督のリリアンとドロシーのギッシュ姉妹が主演した《An Unseen Enemy》（一九一二年）、アール・デア・ビガーズの書いたメタフィクション的構成の小説*Seven Keys to Baldpate*（一九一三年）と、その戯曲版（一九一三年）と映画版（一九一六年）まで遡ることが出来ます）。

この水脈に沿うようなもう一つの流れがあります。一九三二年に公開された、《キングコング》制作チームが作り大ヒットした映画《猟奇島（The

Most Dangerous Game)》と、その原作である、リチャード・コネル（Richard Connell）作の短編「最も危険なゲーム（The Most Dangerous Game）」（『コリアー（*Collier*）』誌一九二四年一月十九日号に掲載）です。

獲物（Game）との勝負（Game）を描いたこの物語は、*The Invisible Host* で「オールド・ダーク・ハウス」と一時的に合流し、またサーバン（Sarban）の『角笛の響くとき（*The Sound of His Horn*）』（一九五二）、そしてギャビン・ライアルの最も広く知られた『もっとも危険なゲーム』（一九六三）へと流れて行きます。（註5）

Dean Street Press 版 *The Invisible Host* の序文では、カーティス・エヴァンスは二〇〇四年の米国映画《ソウ（Saw）》も引き合いに出していました。

こうした視座で眺めてみると、類似点より以上に、相違点こそが重要に見えてきます。相違点とは即ち、こうした流れを汲みながらも、別の演出や効果を試みた作者の創意であるからです。
また、これまで私が挙げた物語の多くが舞台劇だったことに皆さんは気づかれたことと思います。これはミステリで言う「クローズド・サークル」や映画・TVの「密室劇（Closed Room Drama）」と演劇の「三幕

劇（Three-Act）」との親和性の高さを物語っています。と、言うより「クローズド・サークル」や「密室劇」の原初が、かつて娯楽の王様であった演劇の舞台構成「三幕劇」にあるという事を語っているかに思えます。アガサ・クリスティーの作品にも「三幕劇（Three-Act）」をタイトルにした小説がありましたね。

さて、長話をしてしまいました。これから皆さんは、ニューオーリンズの高層ビルの最上階フロアを占めるペントハウスへと招かれる事になります。謎の主催者が待っております。お急ぎ下さい。最後の招待客、九番目の招待客が訪れる前に。

本稿執筆に際し、問い合わせに快く答えて頂いたカーティス・エヴァンス氏と、*The Invisible Host* の初版を入手され確認作業をして頂いた山口雅也氏に感謝申し上げます。

＊

さて、我々の前口上はこれくらいにして、酔眼氏が言うように、そろそ

ろニューオーリンズの高層ビルのペントハウスへ招待客たちが集まってくる頃合いです。招待状をお持ちでないあなたも、読者の特権を行使してクライム・シーンへお急ぎください。そして、不気味な正体不明の招待主(インヴィジブル・ホスト)にはくれぐれもご注意のほどを……。

＊山口雅也による好事家のための註

(註1) 外界から隔絶された高層ビルからのスリリングな脱出劇という点で、わたしが以前本叢書でATTN関連作として紹介したQ・パトリックの中編「八人の中の一人」(『八人の招待客』所収)にも酷似していますね。

(註2) 復刊本 *The Invisible Host* の序文の中で、カーティス・エヴァンスはATTNと先行作の類似性について、ジョージ・ハリスンの《マイ・スウィート・ロード》とアメリカのガール・グループ、シフォンズの《ヒーズ・ソー・ファイン》の類似を引き合いに出している。これは、この事件の判決の通り、どんな創作物にも創作者の「潜在意識下には先行作が存在し得る」ということを示唆したかったものと思われる。尚、わたしが、今回の炉辺談話で先行作について触れた目途は、『そして誰もいなくなった』の名作としての価値を損なうものではないということを、ここでお断りしておく。

(註3) 本作と同タイトル (The Old Dark House) のリメイク作として、アルフレッド・ヒッチコックのライヴァルを自称する (十五人の偉大なB級映画の監督に

選出）ウィリアム・キャッスル監督の作品（邦題《戦慄の殺人屋敷》六三年）がある。実は邦題と違って怖くないブラック・ユーモア味のあるミステリ映画。また同監督の代表作《地獄へつゞく部屋（House on Haunted Hill 五九年）》も従来はホラー・ジャンルに分類されてきたが、今回の再定義によりＡＴＴＮ乃至（ないし）Old Dark House の系譜に属する殺人ミステリ作として見ることもできる。

ＡＴＴＮ系譜としては、「Ten Little Indians の初期低予算スピンオフ」と評されたアメリカ映画《Fog Island》（四五年）、ＡＴＴＮに「大まかに触発された」とされるインド映画の《Gumnaam》（六五年）、マリオ・バーヴァ監督のジャッロ映画《ファイブ・バンボーレ》（七〇年）、脚本家自らがＡＴＴＮに触発されたとしている《アイデンティティー》（二〇〇三年）など、挙げれば枚挙にいとまがない。

また、Old Dark House（応接間殺人（ドロウィング・ルーム・マーダー）ミステリと称されることもある）の原点の一つとされる戯曲を原作としたトッド・ブラウニング監督の《The Thirteenth Chair》（二九年）や、このジャンルの「スピンオフ」的捻りの展開を示した映画として、ジンジャー・ロジャース主演の《The Thirteenth Guest》（三二年）も挙げておきたい。

（註4）同作のリメイクとして「最後の怪奇役者」ことヴィンセント・プライス主演の《ザ・バット（The Bat）》（五九年）を挙げておく。

（註5）この系譜の映画として、『新・猟奇島（Bloodlust）』（六一年）と『ザ・ハント（The Hunt）』（二〇二〇年）を追記しておく。

九番目の招待客

登場人物紹介

ミセス・マーガレット・チザム……ニューオーリンズの社交界のリーダー。四十代の女性だが、現代の化粧品と腕のいいドレスメーカーのおかげで、年齢よりもずっと若く見える。魅力的で、落ち着きと教養を備え、揺るぎない地位にいる女性ならではの自信に満ちた穏やかさを身に着けている。

マレー・チャルマーズ・レイド博士……著名な学者で、一流大学の学長。五十代前半の押しの強い男性で、自信にあふれ、その態度には積極的で独断的なところがある。

ジェイソン・オズグッド……ニューオーリンズの非常に裕福な銀行家。大金を扱う生涯を送り、近年では改革派の候補者として政界に進出してい

る。立派な身なりをし、威厳があるが、やや俗物的なところがある。

ピーター・デイリー……三十歳前後。感じがよく、健康的な、魅力ある青年で、作家として成功している。初の戯曲が、最近ブロードウェイで華々しく上演された。

ティム・サーモン……五十歳前後のアイルランド人政治家。大柄で強靭、健康で、心身ともに力にあふれている。風刺画になるようなタイプでは決してなく、見た目は実直そうで、現代的で、精力的な実業家といった印象。

シルヴィア・イングルスビー……現代的なアメリカの女性実業家タイプ。弁護士として大いなる成功をおさめ、地元の政界の実力者となっている。美貌だが、そのふるまいは同年代の一般的な若い女性に比べて力と権威を感じさせる。

ヘンリー・アボット……普段は「ハンク」と呼ばれている。三十歳前後の芸術家で、急進的な自由思想家。輝かしくはあるが気まぐれな才能の持

ち主で、野心を遂げたことは一度もない。

ジーン・トレント……二十五歳の非常に魅力的な女性。現在は映画スターとして人気が出て、有名になりはじめたところ。それ以前はレパートリー劇団の女優で、ブロードウェイで清純な娘役を演じていた。古い貴族の家の生まれで、南部訛りの名残りがある。

最初の招待客……三十五歳くらいの男性。ごく普通の仕事着。台詞はない。

ホーキンス……落ち着いた礼儀正しい執事。白髪の痩せた男性で、どこか厳格なところがある。

次に挙げるのは、ニューヨークのエルティング劇場で『九番目の招待客』が初演されたときのプログラムのコピーである。

A・H・ウッズ（S・M・ビデルと共同）制作

『九番目の招待客』

三幕の推理（ミステリ）メロドラマ

脚本　オーエン・デイヴィス

グウェン・ブリストウおよびブルース・マニングの小説に基づく

演出　オーエン・デイヴィス

背景　P・ドッド・アッカーマン

出演者

ジェイソン・オズグッド……ウィリアム・コートレー
ミセス・マーガレット・チザム……タイス・ロートン
ホーキンス……ロバート・ヴィヴィアン
マレー・チャルマーズ・レイド博士……バートン・チャーチル
ティム・サーモン……フランク・シャノン
シルヴィア・イングルスビー……グレース・カーン
ピーター・デイリー……オーエン・デイヴィス・ジュニア
ハンク・アボット……アラン・ダインハート
ジーン・トレント……ブレンダ・ダーレン

一、二、三幕　ビエンヴィル・ペントハウス

第二幕で、しばらく幕が下りる。

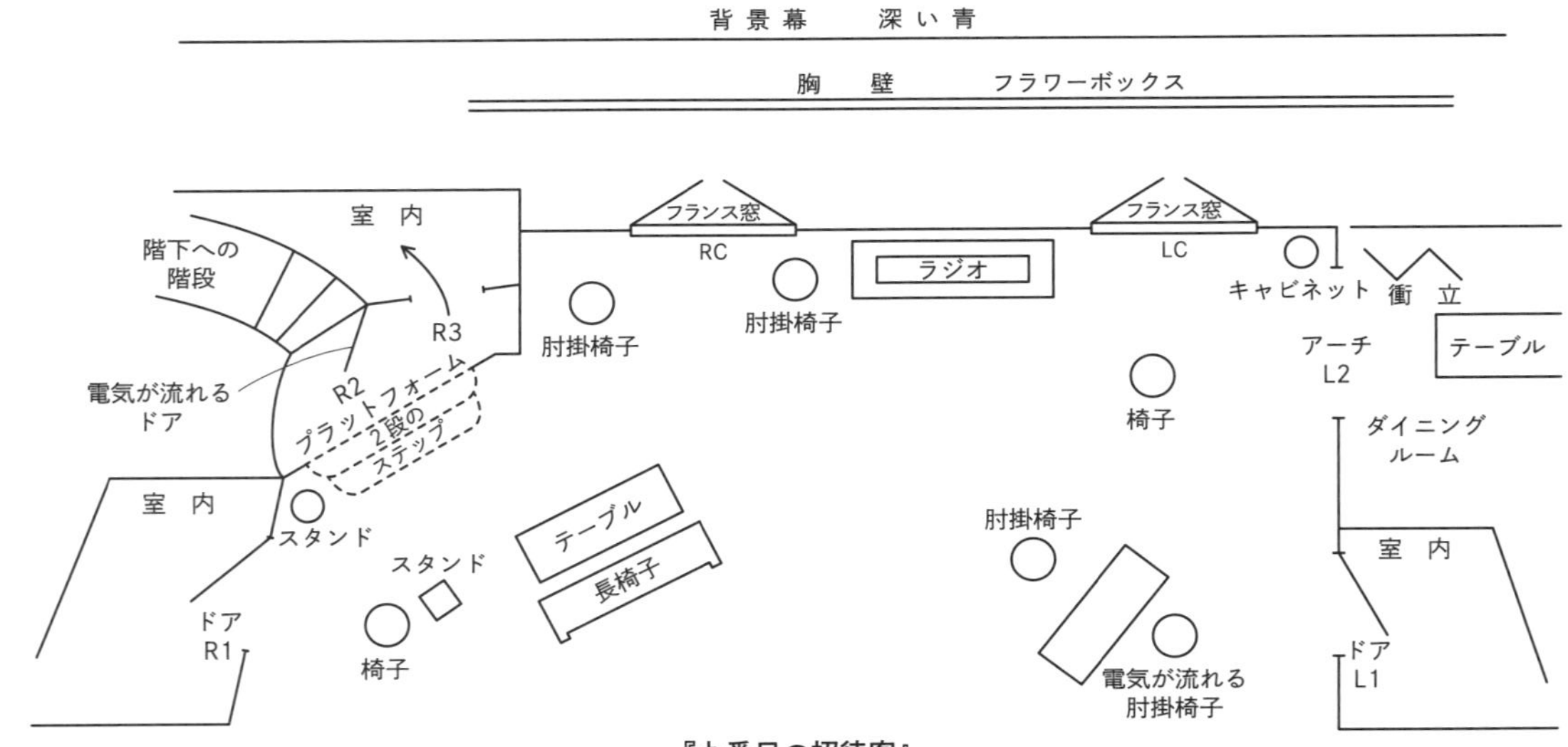

『九番目の招待客』
舞台デザイン

九番目の招待客

第一幕

場面はニューオーリンズの二十階建てオフィスビルの屋上にあるバンガロー、ビエンヴィル・ペントハウスの居間。

カーテン付きのアーチがR2のかなり前方にあり、観客からよく見える大きくてどっしりとした玄関のドアに通じている。このドアの向こうは玄関ホール、もしくは階下に通じる階段の踊り場となっている。最も効果的なのは、セリから上へ延びる階段を使うことだが、玄関ホールの隠し板を使っても構わない。セットの後方には細長いフランス窓があり、ペントハウスのベランダに通じている。このベランダには笠石があり、その向こうにはニューオーリンズの夜景と、遠くにメキシコ湾が見える。舞台中央後方、フランス窓の間に大きなラジオセッ

ト。Ｌ２にはダイニングルームに通じるアーチがあり、その前方には廊下へのドアＬ１が寝室に向かって開いている。Ｒ３には廊下に通じる小さなドア。Ｒ１にドア。

セットの家具は非常に整っているが、どちらかといえば未来的なスタイルである。幾何学的な装飾の黒と銀の部屋で、明るい色の多角形の家具が備わっている。壁は黒い線が入った銀で、長い銀の鋭角が黒いカーテンに向かって伸びている。椅子とテーブルの角は、モダニズム的な不遜さで空間に突き出ている。洗練されているが神経に障る部屋で、そこにいる者にまったく場違いな服装をしているような気にさせる。家具の配置については「小道具の配置案」を参照。

幕が開くと、後方のフランス窓が、月明かりに照らされたバルコニーに向かって開いている。室内は、ふたつのバンケットランプ〔宴会用の卓上ランプ〕と壁に取り付けられた照明によって、柔らかく照らされている。ダイニングルームに通じるアーチからは、軽い夕食のために念入りに準備されたダイニングテーブルが見える。

幕が開くと、ジェイソン・オズグッドとミセス・チザムが上手にいる。執事のホーキンスは、玄関ホールR2のドアのそばにいる。

オズグッド　しかし、レイド博士にこんな贅沢をする余裕はないはずだ。大学教授の給料は、いつからペントハウスの部屋とモダニズムの室内装飾家の費用をまかなえるほど高くなった？

ミセス・チザム　（ちょうど上手テーブルの前の椅子に、ショールをかけたところで）レイド博士には個人的な資産があるのよ。それに、わたしが知っているほかの学長と同じで、どこか政治家のようなところと、外交官そのもののようなところがあるの。

オズグッド　（下手後方を行き来しながら）マーガレット、われわれの昔からの友情があまりにも強固なものだから、わたしに裏切られるのが怖いんだろう。さあ、白状したまえ。

ミセス・チザム　何のことをいっているのかさっぱりわからないわ、ジェイソン。

オズグッド　きみはわたしたちを、どこか謎めいた今夜の集まりに招待し、そうでなくとも目新しいのに、さらに主催者の正体を秘密にして、ここぞというときまで隠しておこうとするつもりだな。

ミセス・チザム　五分前にこの部屋に入ってきて、あなたがいるのを見るまでは、誰がパーティーの主催者かも、ここで誰に会うことになるかも、まったく知らなかったと断言できるわ――でもね、ジェイソン、「知らなかった」といっても、もちろん怪しいとにらんでいる人はいるわ。

オズグッド　わたしが主催者でないことは請け合うよ。（下手中央の長椅子に腰を下ろす）

ミセス・チザム　当然よ！

オズグッド　今はそんな気分じゃない。わたしは敗れた候補者で、地元の有権者に市長として選ばれなかったという屈辱を味わっている。手の込んだお祝いを企画するには、いささか妙なタイミングだろう。

ミセス・チザム　もちろん、あなたの言葉は信じるわ、ジェイソン。そうなると、残るはひとりしか――あら――。

（真面目そうな、威厳のある五十代の男性、レイド博士が、ドアR2の後方の階段を上がってくるのが見える。ホーキンス、戸口で彼を迎える。博士とホーキンスがアーチに近づき、ホーキンスが形式ばって告げる）

ホーキンス　マレー・チャルマーズ・レイド博士です。

ミセス・チザム　案の定だわ。

オズグッド　ご機嫌よう、レイド博士。

博士　（舞台を横切り上手へ向かいながら、ミセス・チザムに）やあ、ジェイソンにミセス・チザム。すると、主催者はあなたたちか。そうだと思った。

ミセス・チザム　わたしが主催者？　いいえ、とんでもないわ、博士。

博士　（オズグッドに）今夜のお楽しみは、ミセス・チザムのおかげだとばかり思っていたが！

オズグッド　（下手中央の博士に）本当に、きみのパーティーではないというのか？

博士　（驚いて）もちろんだ！

ミセス・チザム　はじめは、ここにいるジェイソンの仕掛けだと思ったわ。でも否定されたから、自然とあなたに思い当たったのよ。

博士　わたしは何も知らんよ——少なくとも、この電報に書かれている以上のことは。（脇のポケットから電報を出す）

オズグッド　わたしにも電報が届いた。

ミセス・チザム　わたしにもよ。どうやら、何かのいたずらのような気がしてきたわ。

博士　（上手中央で読み上げる）「おめでとう。あなたのためにちょっとしたサプライズパーティーを計画しました。来週の土曜日、十一時にビエンヴィル・ペントハウスで。すべて内緒の大サプライズ。秘密厳守。この街で企画された最も独創的なパーティーであることをお約束します。主催者より」（電報を上手テーブルに放る）

ミセス・チザム　（上手テーブルの上手側の椅子に座って）本当に馬鹿げた電報だわ！　それでいて、なかなか巧妙ね。

オズグッド　（下手中央のテーブルからミセス・チザムに）誰かが、市内一独創的なパーティー主催者であるきみに挑戦しているようだな、ミセス・チザム。

ミセス・チザム　実をいうと、パーティーを開くのには少し飽きてきたの。

今夜はお客で満足よ。

博士 （上手テーブルの下手側に座って）ミセス・チザムも、われわれのような保守派と同じ思いなんだ——この社交界の、どこか熱に浮かされたような状況に幻滅している。

ミセス・チザム 本当にぞっとするわ。数年前には、こんな状況はありえなかった。

オズグッド まったくだ。だが、これはわれわれの社交界だけじゃない——確固たる社会的障壁が崩れ去る、世界的な状況なんだ。（部屋を横切り、長椅子に座る）

ミセス・チザム わたしが権威を持っているうちは、完全に崩れさせはしないわ。

博士 わかっている。少なくともひとつの例で成功したことに、お祝いをいうべきかな——サーモンの娘のことだが？

ミセス・チザム　最近までは、誰ひとり夢にも思わなかったでしょうね。ティム・サーモンのような腐敗したアイルランド人政治家の娘を、わたしたちの社会生活の中心に受け入れるなんて。父親がどれほど金持ちで、どれほど博愛主義であっても関係ないわ。

オズグッド　（急に個人的感情を爆発させて）博愛主義！　ティム・サーモンは詐欺師だ。ああ、確かにやつは選挙でわたしを負かした。やつの部下のコスグローヴは、一期は市長を務めることになる。ティム・サーモンとシルヴィア・イングルスビーのおかげでな。だが、それが何の役に立つ？（立ち上がり、下手中央に向かう）われわれは不正に私腹を肥やす連中に支配されているんだ。イングルスビーとサーモンの派閥には、とうてい歯が立たない。

ミセス・チザム　少なくとも、キャサリン・サーモンは一時的に抑えつけたわ。

（大柄で血色がよく、気立てのいいアイルランド人政治家のサーモン

が、旧式の夜会服に身を包んで階段を上ってきて、ドアR2でホーキンスに迎えられる。ホーキンスが振り返り、告げる）

ホーキンス　ミスター・ティモシー・サーモンです。（サーモン登場、下手前方へ）

ティム　おや――おや。（全員を見回す。誰も応えない。ティムは笑みを浮かべてはいるが、ほかの面々を見て一瞬驚いた様子を見せる。ミセス・チザムが冷たく会釈する）

ミセス・チザム　こんばんは。

ティム　（彼女に近づき）ご機嫌よう。（立ち上がって上手中央に近づく博士を見て）こんばんは、博士。

博士　（手を差し出し）こんばんは、ミスター・サーモン。

ティム　（下手にいるオズグッドに向かって）ご機嫌いかがかな、ミスタ

ー・オズグッド！

オズグッド　（冷たく）元気だよ。

ティム　悪く思わないでくれるといいが。わたしの部下が勝ち、あなたは負けた――それだけのことだ。

オズグッド　そのことについて議論しても、得るものはないと思うね。（舞台後方を向く。ティム、興味を引かれたようにあたりを見回す。舞台中央へ向かい、部屋を見わたす）

ティム　とてもいい部屋だ。建築部に提出された図面を見ているが、こんなに素晴らしくなるとは思わなかった。（中央前方へ）ハンク・アボットはどこにいる？

博士　（冷たく。依然上手中央で）なぜそんなことを訊く？

ティム　そうだった。彼が嫌いなんだったな。少なくとも、自分の大学で

教えていた彼を数か月前に解雇したのはあなただ。

博士　わたしにも、ほかの教職員にも、ミスター・アボットの考えは過激すぎるように見えたのでね。しかし、なぜ彼がここにいると思ったんだ？

ティム　だって、これは彼のパーティーなんだろう？　電報でここに招待されたんだ。

ミセス・チザム　彼の署名があったの？

ティム　いいや、署名はなかったが、彼のほかにこんなものを送る人に心当たりはないものでね。ちょっと待ってくれ。（ポケットから電報を出し、読み上げる）「おめでとう。あなたのためにちょっとしたサプライズパーティーを計画しました。来週の土曜日、十一時にビエンヴィル・ペントハウスで。すべて内緒の大サプライズ。秘密厳守。この街で企画された最も独創的なパーティーであることをお約束します。主催者より」

博士　確かに、アボットが送ったに違いない。謎めかせるつもりなんだろう。彼が主催者なら、ここにはいられん。ありえない。彼がわたしをパーティーに呼ぶはずがないのは明らかだ。

（ピーター・デイリーが階段を上がってきて、ホーキンスに迎えられる。彼がアーチをくぐり、ホーキンスが告げる）

ホーキンス　ミスター・ピーター・デイリーです。（ピーター、下手前方へ）

ピーター　やあ、皆さん。すっかり息を切らしてしまいましたよ。最後の階段でシルヴィアと競走したんです。この手のペントハウスには、どうして直通のエレベーターがないんでしょうね？

ホーキンス　（シルヴィアの来訪を告げる）ミス・シルヴィア・イングルスビーです！

シルヴィア　（R2から登場、中央前方へ）こんばんは、皆さん。

ミセス・チザム　こんばんは、ミス・イングルスビー。

（全員があいさつする。博士とオズグッドはシルヴィアに冷たく会釈するが、何もいわない。シルヴィア、ティムに向かって）

シルヴィア　素晴らしいことだわ、ティム。（下手中央にいる彼に近づく）あなたがお祝いのためにこのパーティーを企画したんでしょう。そして、ミスター・オズグッドを呼んだのはとても素敵なことだと思うし、彼が受け入れたのはとても友好的で、賢明なことだと思うわ。（博士、窓LCとベランダに近づく）

ティム　わたしのパーティーだと思ったんじゃないだろうね？

シルヴィア　もちろんそう思ったわ。違うの？

ピーター　（下手端で）違うといったじゃないか、シルヴィア。エレベー

ターで会ったときにさ。素直に認めて、本当のことを話したらどうだい？　きみがぼくたちを呼んだんだろう。昨日「主催者より」とだけ書かれた電報を受け取ったとき、しばらく頭を悩ませて、友達のリストをおさらいしてみてシルヴィアに思い当たったんです。わかるでしょう、シルヴィアとは昔ながらのつき合いなんです。

シルヴィア　でも、それは間違いよ、ピーター。パーティーの主催者が誰なのか、全然知らないわ。わかっているのは、電報を受け取ったことだけ。ちょっと待って、読み上げるから。（上手テーブルの下手側に腰を下ろす）

ミセス・チザム　その必要はないと思うわ、ミス・イングルスビー。

博士　全員に同じ電報が届いているようだ。

ホーキンス　（R2の戸口に現れ、告げる）ミスター・ヘンリー・アボットです。

ティム　（下手中央へ向かい）じゃあ、思った通りだったな。

博士　そういうことなら、わたしは――。

ハンク　（登場しながら）やあ、皆さん！

ピーター　（手を差し出し）やあ、ハンク！

ハンク　やあ、ピーター！　こんばんは、ティム！

ティム　やあ！　調子はどうだ、ハンク？

ハンク　（上手中央へ向かいながら）こんばんは、ミセス・チザム。元気そうだね、シルヴィア。（博士に）ああ――ご機嫌よう。

博士　ご機嫌よう！

ハンク　あなたにお会いするとは意外ですね、レイド博士。

博士　最後に会ったときには、互いにあまり愉快な思いはしなかったからね、ミスター・アボット。ああいうことがあっても、少なくともきみは生まれながらの紳士だと思っていたが。

ハンク　皆さんがぼくの両親の生涯の友だった割には、ぼくのことをあまり評価していないようですね。

博士　きみがわたしをここへ呼んだのは、いたずらのつもりかと訊いているんだ。

ハンク　何のことかわかりませんが。

博士　平たくいえば、ミスター・アボット――わたしをここへ呼んだのは、侮辱するためか？

ハンク　何をおっしゃっているかわかりません。ぼくがあなたと関わり合いになりたがっていると、どうして思うんです？　ここへ来たのは、ジ

ーン・トレントのパーティーだと思ったからで――。

シルヴィア　ジーン・トレント。どうかしら――。

ハンク　昨日届いた電報は、ほかの人からのものであるはずがない。完全にハリウッド趣味だよ。

ミセス・チザム　ジーン・トレント。ええ、ジーンに決まってるわ。ハリウッドへ戻る前の、ちょっとしたお別れパーティーなのよ。

ピーター　ぼくはそうは思いませんね。

シルヴィア　どうして？　自分が呼ばれているから？　馬鹿なことといわないの、ピーター。ジーンはさっぱりした性格の子だから、過去の恨みを引きずったりしないわ。

ピーター　（下手側の長椅子の後ろで）ジーンとぼくは友達じゃない。その不幸な事実を隠す理由はないよ。彼女はこれを、まさしく映画の宣伝

にしようとしているんだ。

ミセス・チザム　（上手テーブルの上手側に座ったまま）ジーン・トレントはいい子よ。赤ちゃんの頃から知っているもの。

ピーター　もちろん、ぼくだってそうですよ。でも、彼女が赤ん坊で、ぼくにおもちゃを投げつけていた頃だって、故郷に華々しく帰還したときにぼくにしたようなひどい仕打ちはしなかった。（ハンク、ティムに近づく）

ミセス・チザム　女の子が、ほぼ一夜にして映画スターとして名を馳せるという驚くべき成功を収めたのだから、バランス感覚を保つのは難しいってわかるはずよ。少しは甘やかされたとしても、いつかは目が覚める。わたしはそう信じてるわ！

ハンク　でしょうね。（下手中央のピーターに向かって）そしてきみは、結局のところ自分が彼女に大きな恨みの種を与えたことを忘れかけているようだ。

ピーター　かもしれない。でも、よければこの話題は終わりにしたいね。

（舞台を横切り、下手中央後方の肘掛椅子に座っているオズグッドに近づく）

シルヴィア　（上手テーブルの下手側の椅子で）ええ、そうしましょう。

（二十五歳の、美しくて身なりのよい魅力的な女性、ジーン・トレントが階段を上ってきて、ホーキンスによって紹介される）

ホーキンス　ミス・ジーン・トレントです。（R3から退場）

ジーン　（舞台中央へ向かう）あら！　こんばんは、マーガレット。

ミセス・チザム　（立ち上がってジーンに近づく）ねえ、ジーン、これはあなたのパーティーなの？

シルヴィア　こんばんは、ジーン！

ジーン　こんばんは！（シルヴィア、上手テーブルの後ろを横切る）

オズグッド　すると、きみが仕掛け人というわけか。

博士　ほう。きみの空中庭園は素晴らしいね。

ジーン　待ってください――何のことなのかさっぱり。

ハンク　（舞台中央で）でも、ジーン、きみが今夜の主催者なんだろう。

ジーン　まさか、ハンク。馬鹿なことをいわないで。（ミセス・チザムに）あなたのパーティーなんでしょう、マーガレット？

ミセス・チザム　わたしのパーティー！　いいえ！（全体的に笑い。ジーンは一同を見て驚き、続ける）

ジーン　あなたたちみたいな失礼な人を見たのは、生まれて初めてだわ。

シルヴィア　（上手後方の椅子の後ろで）わたしたちが？（オズグッド、下手に腰を下ろす）

ティム　（長椅子の後ろから）じゃあ、誰が知っているか教えてやるといい。わたしはクロスワードパズルは苦手なのでね。（ジーン、長椅子に座る）

シルヴィア　あなたが教えてあげなさいよ、ハンク。

博士　そうだ、きみが教えてやれ、アボット。彼女に教えるんだ。

ハンク　つまり、ぼくも知らないし、この人たちも知らないんだ。できるだけの説明はしよう。ジーン、こういうわけなんだ。誰だか知らないが、主催者がこの実に楽しい集まりに、ぼくたちを呼んだというわけだ。

ミセス・チザム　わたしたちが魅力的な人物なのはわかっているわ。（間。上手テーブルの上手側に座る）でも、これはもったいぶった演説なの、

それともわたしたちが失礼だった理由について、ジーンに遠回しに説明しているの？

ハンク　（舞台中央後方へ）退屈させたのならお詫びします。しかし、この状況を緻密に観察してみれば、誰もがすっきりするんじゃないかと思います。

ジーン　やってちょうだい。

ハンク　ジーン、きみはどうして今夜ここへ来た？

ジーン　昨日、電報をもらったのよ。「おめでとう」と書かれた、このパーティーに招待する電報で、「主催者より」と署名されていたわ。（ピーター以外の全員が笑う）

ハンク　まさしくその通り。さて、このパーティーの奇妙なところは、主催者がいないことだ。（ジーンが座っている長椅子の上手側に座る。全員がアドリブで同意する）

ジーン　でも、仕掛けのあるパーティーかもしれないわ。主催者は仮装して登場するか、天井から下りてくるか、給仕用の小型エレベーターで上ってくるのかも。

オズグッド　（ほほえんで）ジーンがハリウッドにいたのは明らかだな。

ミセス・チザム　黙って、ジェイソン。（ジーンに向かって）わかるでしょう、ジーン。わたしたち全員が、ほかの人に招待されたと思ってここへ来たの。最初に来たのはジェイソンとわたし。

ジーン　面白いわね！　気に入ったわ。最高に愉快ね。ほかにもお客様がいるのかも――何十人も！――みんな同じ電報で呼び出されて。誰かが街じゅうの人に電報を送ったのかもしれないわ。こういうの大好き。

ティム　（舞台中央を横切る）街じゅうの人？　そういうことなら、われわれは引き揚げて、その人たちの場所を作ったほうがいいんじゃないか？

ハンク　（立ち上がる）それでも――博士がほのめかしたように、ぼくたちがいたずらの犠牲者なら、その犯人を突き止めるのが一番だと思いますね。待って！（アーチのほうへ向かい、ドアR3を開けてホーキンスを呼ぶ）執事はどこだ――（ホーキンス登場）ああ、来たね――少し時間はあるかな？　名前は？

ホーキンス　ホーキンスと申します。

ティム　ホーキンス？　まるで喜劇みたいだ。

シルヴィア　客間喜劇ね。それがパーティーの狙いなんだわ。

ハンク　ホーキンス、このパーティーを開いたのは誰なんだ？

ホーキンス　それは申し上げられません。

ピーター　秘密ってことかい？

ホーキンス　存じ上げないのです。わたしとシェフとふたりの助手は、カスティルデン紹介所からの電話で雇われたのです。

ピーター　まさしく客間喜劇だ。

ホーキンス　タイプライターで打たれた指示書が郵送されてきました。わたしは今夜ここへ来て、すべての支度を整えることになっていました。わたしへの指示は非常に細部にわたっております。こう申してもよろしければ、主催者は大変楽しい一夜を計画しております。シェフは〈ママット〉のレストランの料理長です。助手が今、オイスター・ロックフェラーの用意をしているところです。

ハンク　ホーキンス、きみも気づいていると思うが、これは普通じゃないもてなしだ。何か飲みものがあれば、もう少しよく理解できるんじゃないかと思うが。

ホーキンス　ただ今カクテルをご用意いたします。（ハンク、下手に座り、

（ホーキンスはL２へ向かう）

シルヴィア　（上手後方の椅子に座り、上手テーブルの上の箱から煙草を取り出す）主催者が誰かは知らないけれど、わたしが吸っている銘柄の煙草を用意してくれているわ。

博士　（窓LCのそばに立ち）この謎の主催者が、男か女か訊いてもいいかね？

ホーキンス　（博士に話しかけられ、舞台中央で立ち止まる）存じません。しかし、パーティーの最中に主催者の声を聞くことになると、お知らせするよう申しつかっております。（L２から退場）

シルヴィア　でも、これは本当に面白いわ。見逃すなんてもったいない。（ミセス・チザム、立ち上がり、上手へ向かう）

ティム　ところで、ここはどういう場所なんです？（ベランダのほうを身振りで示す）

シルヴィア　（立ち上がり、上手へ）いったい誰が——（窓ＬＣのほうへ向かう）

博士　（上手テーブルの奥から）わたしの知り合いに、こんな非常識なことを思いつく人はいないと断言するね。

ミセス・チザム　ここにいる間に、部屋を見て回りましょうよ。

博士　バルコニーに出てみよう。（ティムとハンクが窓に近づく。全員がＬＣから外に出る。ジーンが立ち上がり、下手テーブルに近づいて、煙草を取り火をつける）

ピーター　（下手のジーンに近づき）ジーン、ぼくは帰ったほうがいいかな、それともここにいたほうがいい？

ジーン　（舞台中央へ向かい、ピーターがそれを追う。彼女は振り返り、相手を冷たく見る）わたしには一切関係のないことよ。

ピーター　それはそうだ。でも、きみの一夜を台無しにしたくない。

ジーン　あなたが何をしようと、これ以上わたしを傷つけることはできないわ、ピーター。一年前は、あなたを怒らせたらこの世の終わりだと思っていた——でも今は、どうでもいいわ。（上手中央へ。ティムとハンクがLCから入ってくる）

ティム　（入りながら）きみのいう通りだ、ハンク。われわれは、同じテーブルを囲むには奇妙な顔ぶれだといわざるをえない。

ジーン　（上手テーブルの下手側に座り）ええ、とても奇妙だわ。

ティム　（下手前方で）しかし、ジェイソン・オズグッドとわたしが——（オズグッドが窓RCから入ってくる）——我慢できるなら、きみとピーターにもできるだろう、ミス・トレント。

ハンク　もちろん——ここにいるレイド博士はぼくの交際関係など何とも

思っていないので、大学の教員から確実に追い出すよう取り計らいましたが、ぼくたちは出て行ったりしませんよ――少なくとも、ぼくにその気がないのは確かです。（全員が入ってくる）

博士　わたしは責任感のために大学職員を守ったが、その責任感によって、社交界をあれこれ指導しようとは思わんよ。（冷たく下手中央へ去って行く。ホーキンス、L2から登場し、ラジオに近づく）

オズグッド　（下手中央テーブルの後ろから、ラジオをつけようとするホーキンスに向かって）そんなものはつけないでくれ。うるさくてかなわない。

ホーキンス　失礼ながら、主催者よりラジオをつけ、この時間に指定の局に合わせるよう指示されているのです。今夜の指示のひとつでして。（オズグッド、ラジオから離れ、下手中央テーブルの奥を横切り、下手へ向かう）

ラジオ　こちらはWSMB局。今宵はNBCの特別な計らいで、クインビ

ー交響楽団によるニューヨークのカーネギー・ホールでの演奏をお届けします。

ジーン　それは嬉しいわね。

（音楽がラジオから静かに流れてくる。一同はリラックスしはじめる。彼らはラジオの周りに立ち、あるいは座っている。何人かは煙草を吸い、ほとんどが、しばし音楽に耳を傾ける。ティムがオズグッドのほうを見る）

ティム　ジェイソン、儀礼上、お互いをののしってはいけない場で会うのは久しぶりだな。

オズグッド　今となっては、わたしをののしる理由はないだろう――きみと、悪徳弁護士のシルヴィア・イングルスビーが――（男性ふたりは下手前方にいる。オズグッドは冷たい視線をシルヴィアに向ける。彼女は上手テーブルの上手側から持ってきた椅子に座っている）

シルヴィア　口が過ぎるのではありませんか、ミスター・オズグッド？

オズグッド　（続ける）――わたしを裏切り、あのお高く止まったコスグローヴを市長選に送り込んだ今となってはね。

ティム　よければ、シルヴィアのことはそっとしてもらえないか。彼女はわたしの友人だし、わたしの前で彼女を侮辱しても、あなたが得るものは何もない。あなたと、そこにいるマーガレット・チザムがわたしの娘を侮辱しても、何も得られない以上にね。

博士　待ちたまえ、サーモン。

ティム　いうまでもないだろうが、あなたたちが今夜ここに来ると知っていたら、わたしは来なかった。

オズグッド　こうなったら、残念だがお互い潔く立ち去ることはできそうにないな。

シルヴィア　いいのよ、ティム。せっかく来たんだから、めいっぱい楽しみましょうよ。

ジーン　（上手テーブルの下手側に座って）どうして？　できれば会いたくない人と一緒にいながら、くつろいでいるふりをして何になるの？

ピーター　（上手中央に来て）つまり、できればぼくとは会いたくないということだね。

シルヴィア　やめなさいよ、ピーター。

ピーター　それについては謝るよ、ジーン。ここへ来たときには、きみが来るとは知らなかったんだ。知っていたら家にいたよ。

ジーン　いいたいことはそれだけ？

ピーター　そうとも。

ジーン　だったら、ほかの人とおしゃべりしてくれないかしら。（ハンク、ピーターの体に腕を回す。ふたりして舞台中央の後方へ。ジーン、上手テーブルの奥にいるシルヴィアのほうを向く）お元気そうね、シルヴィア！　里帰りしてから、あなたとお話しする機会がなかったわ。

シルヴィア　ジーン、人前で個人的な関係を口にしたのはあなたよ。ピーターを弁護する言葉をわたしにいわせたいの？

ジーン　あなたがそうするなら、ピーターが家に帰る必要はないと請け合うわ――わたしが帰るから。

ピーター　（舞台中央後方で）きみはぼくの弁護士でしかないことを思い出してくれ、シルヴィア。パーティーを利用して、ジーンに気の進まないことをしろと説得することはない。

ジーン　ご心配なく、ピーター。誰もわたしを説得できないわ。

シルヴィア　ジーン！

ジーン　シルヴィア、弁護士としてのあなたは大嫌いだけれど、人間としては大好きよ。（下手長椅子に座る）

オズグッド　（下手長椅子で）まさに謎解きのように思えてきたな。

ミセス・チザム　（上手テーブルの上手側の椅子で）今のところ、あまり楽しくはないけれど、この謎を思いついたのはわたしじゃないと請け合うわ。

シルヴィア　思いついた人がこの中にいるなら、隠すのがとても上手ね。

ハンク　とにかく、主催者はぼくたちが歳を取ったら語り合えるような冒険をプレゼントしてくれたわけだ。（長椅子に近づき、ジーンの上手側に座る）

オズグッド　冒険のように思えてきたよ。（下手中央後方へ）

ミセス・チザム　わたしたちが今いるのは、こういう状況ね。主催者のいないパーティーに招かれて、当然ながら、なぜ自分が招かれたのか不思議に思っている。

ティム　（下手に座って）主催者が男性だとしたら、妙な客選びだ。わたしは男だとは思わないが。

博士　これには目的があると思いはじめているようだな。（上手テーブルに近づき、下手側に座る）

ミセス・チザム　どこかの親切なお友達が、わたしたちの間にあるかもしれないちょっとした違いを埋めるため、全員を集めたのよ。（オズグッド、下手中央後方に座る）

ハンク　（立ち上がり、舞台中央を横切る）本当のパーティーの主催者はこの中にいるような気がしてならないな。

ミセス・チザム　まあ！

ジーン　（長椅子に座ったまま）わたしは、主催者は外部の誰かで、今にも入ってくるんじゃないかという気がするわ。陪審員を待っている被告人になったような気分。（ピーター、ラジオの下手側に座る）

ミセス・チザム　いいたいことはわかるわ。すべてがこの謎めいた雰囲気に覆われているのよ。奇妙な電報——誰も来たことのないアパートメント——知らない雇い主に見慣れない使用人。

ハンク　個人的には、この中の誰かがやったとしたら、シルヴィアだと思うな。

ミセス・チザム　まさか！

ハンク　どこかマキャヴェリ〔ルネサンス期の政治思想家。著書『君主論』で権謀術数を説いた〕的なところがある。（舞台を横切りドアL2へ向かう）

シルヴィア　少なくとも、今夜のマキャヴェリはわたしじゃないわ。

ハンク　なあ――。（L２の外を見ながら）

シルヴィア　どうかした？

ハンク　変じゃないか――椅子は八つだ。主催者は明らかに、自分が座る場所を用意しなかったようだ。

オズグッド　（下手中央へ来る）何もかも変だ。この異様な夕食会も、客を呼ぶ口実も。

ティム　奇妙な点がある。誰も指摘していないが、この集まりの、明らかにおかしい性質が。

ハンク　つまり、奇妙に不釣り合いな客の取り合わせということですか？（舞台中央後方を横切る）

ティム　われわれ八人をここに呼び出した、理解しがたいもてなしの感覚

のことをいっているんだ。

博士　今までのところ、何もかも実に面白い。

ミセス・チザム　面白いですって！

博士　しかし、わたしと同じように、きみたちも底に流れる敵意に気づかないか？　誰もが、ひそかにほかの人物と距離を置いている。その人物がここにいる目的を恐れてね。分析するのは難しいが。

ティム　これほど不釣り合いな集まりは、経験したことがないんじゃないか？

オズグッド　（わずかに下手中央に近づき）やや露骨ないい方だが、いい得て妙だ。

ティム　この部屋には八人の人物がいる。誰もが、一緒に死んでいるところを絶対に見つけられたくない人物がここにいるのを知っている。（こ

の場面の間、ティムは下手前方に立っている）

ハンク　（下手中央へ）誰かのひねくれた名案に違いありません。

ジーン　（下手長椅子に座ったまま、ティムに向かって）本当に、ミスター・サーモン、わたしが思っていたことを言葉にしてくれましたわ。このパーティーは好きになれません。（ピーターを苦々しく見て）わたし、帰ります。（立ち上がり、アーチＲ２へ向かう）

シルヴィア　馬鹿なこといわないで。

ジーン　でも、何もかも現実離れしてるわ。

博士　それとも、きわめて現実的なのかもしれない——しかも、申し開きができないほど傲慢だ。（立ち上がる）わたしの印象では、これは冗談ではなく、念入りに計画され、検討を重ねた侮辱だ。

ハンク　でも、なぜぼくたちが、ここへ呼び出されて侮辱されなくてはな

らないんです？　それが本当なら――ここにいる誰かが、ぼくにそんなことをしたら、本気で怒りますよ。おやすみなさい。（ドアＲ２へ向かおうとする）

ジーン　わたしも行くわ。（ふたり、ドアへ向かう）

ラジオ　紳士淑女の皆さん――（全員、驚いて振り向く）こちらはＷＩＴＳ局。今夜の娯楽の第一部は、お楽しみいただけたことと思う。皆さんが今、聞いているのは、主催者の声だ。

ピーター　（舞台中央後方の椅子から立ち上がる）ラジオから聞こえる。

ジーン　ラジオから？　でも、どうやって？

ミセス・チザム　主催者ですって！

ハンク　たぶん、これで謎が明らかになるだろう。（ラジオへ向かう）

博士　それにしても、実に独創的なことは、認めなくてはなるまいな！

ミセス・チザム　独創的！　彼は天才よ。

オズグッド　わたしの考えでは、頭のいい若い男性だな。（下手中央へ）

ハンク　誰なんだろう。

ジーン　（長椅子の下手で）聞いたことのない声だわ。（長椅子に座る）

ピーター　でも、どこにいるんだろう？

博士　地方のラジオ局を、通常番組を終えてから借りたに違いない。

ティム　あるいはどこかに、この周波数に合った小さな放送局を急ごしらえしたのかもしれない。

シルヴィア　でも、ホーキンスがＷＳＭＢに合わせてから、誰もダイヤル

に触っていない。同じ波長に違いないわ。

ラジオ　紳士淑女の皆さん！　わたしは皆さんに、今夜この街で最も独創的なパーティーでおもてなしをすると約束した。約束通り、今夜のお楽しみがどのようなものか、あらましを説明したい。今夜、われわれは楽しいゲームをする——皆さんの八つの知性にとって、素晴らしい刺激になるだろう。

ジーン　気前のいいこと。（ピーター、舞台中央後方に座る）

シルヴィア　わたしたちの知性？　少なくとも、わたしを本当に評価してくれる人が見つかったわね。

オズグッド　シーッ！

ラジオ　こうしてお招きしたのは、妥当な賭け金をめぐって、皆さんの総力と戦うためだ。いっておくが、その賭け金は高くつくだろう。というのも、今夜皆さんは、とても愉快なゲームをすることになっているから

だ——死のゲームを。

ジーン　死！

ラジオ　これは殺戮ではなく、知恵比べのゲームだ。あなたたちは慎重に選ばれた。ゲームの相手にふさわしい、飛び抜けた頭の回転の速さを持つ男女だけを選んだのだ。夜明けまでには、わたしに対抗できるのは権力でも名声でもなく、機転であることがわかるだろう。

ミセス・チザム　まあ！

オズグッド　(神経質そうに、下手中央後方で) まったくぞっとする！ われわれが怖がるとでも思っているのか。

シルヴィア　わたしは怖いと認めるわ。

ティム　いささか気味の悪い娯楽だな。

ラジオ　こちらはＷＩＴＳ局――皆さんの中には、この提案を笑い事にしている人がいるようだ。真面目に取り組むことをお勧めする。これはいかなるいたずらでもない。この声は、あなたたちがよく知っている声だ。あなたたちを激しく憎み、はなはだしい不正に対して復讐を計画している者の声だ。ルールに注意して、勝とうとすることだ。勝てば許される。

ジーン　（怯えて）聞こえているのよ！

ミセス・チザム　ここにいるに違いないわ。

ハンク　どうかな。待って。（舞台を横切ってラジオの上手側に近づき、前後を確かめる）いいや、そんなはずは――。

ラジオ　このアパートメントには電話がないことがわかるだろう。そして、唯一の出入口、皆さんが入ってきたドアには、触れれば死ぬほどの電気が流れている。

オズグッド　これはいたずら以外の何物でもない。

ミセス・チザム　いたずらだろうが何だろうが、この人にはわたしたちが見えているのよ。少なくとも、声は聞こえてる。

ハンク　（上手中央後方で）そうかもしれない！　彼の声はマイクで届いている——ぼくたちの声もマイクで聞いているのかもしれない。

ラジオ　このラジオに接続しているワイヤーには一切触れないよう警告する。接続部は危険だ。この中の誰ひとり、視野の狭い、いい加減な人生を送ってきた者はいないだろうし、自らの存在に関する挑戦に立ち向かう能力がない者はいないはずだ。というのも、きっと同意してもらえることと思うが、生に対する最大の挑戦は死だからだ。

ジーン　怖い！　怖いわ！

ミセス・チザム　（アーチR2に目をやり、舞台を横切って近づくと、階段の踊り場に通じる巨大なドアが閉じているのを見る）待って！

博士　どうした、マーガレット？　どこへ行く？

ミセス・チザム　（長椅子の下手側まで来て、全員のほうを向く）あのドアに、本当に電気が流れているのかしらと思って。

ピーター　（上手中央後方で）ミセス・チザム——そのドアに触らないで。

オズグッド　（下手中央後方で）このけしからん輩（やから）はまったく気に障る。今にも姿を見せて、われわれを笑い者にするんだろう。

ピーター　（冷たく）そんなことになったら、二度と笑えなくしてやる。

シルヴィア　ねえ、ピーター、本気でいってるんじゃないでしょう。

ピーター　ああ——これも軽率さの表れさ。

ハンク　待ってくれ。これは冗談かもしれないし、そうじゃないかもしれない——さっきから、裏で糸を引いているのはこの部屋にいる誰かじゃ

ないかという気がしているんだ。

ラジオ　皆さんは、このアパートメントを隅々まで自由に調べて構わない。何の仕掛けもない。さっきもいったように、これは知恵比べだ。ゲームの次の動きを説明したいときには、銅鑼の音が聞こえる――こんなふうに――。

（銅鑼が鳴る）

ジーン　まあ！――

ティム　われわれはもう巻き込まれている。最後までやるしかない。

ラジオ　皆さん――わたしはあなたたちをよく知っている。魅力、落ち着き、自信を備えていても――秘密を隠していない人はいない。あなたたちのことは知っている。わたしは、大げさに称賛されているあなたたちの力を通じてではなく、隠された弱みを通じて攻撃するだろう。そして、勇気のない者はわたしの相手に値しないと指摘しておこう。そういった

人物には、楽な逃げ道を用意しておいた。部屋の角にある吊り戸棚の二段目を見れば――装飾を施した銀のフラスコがあるのがわかるだろう。

ハンク （上手テーブルの上手側に座っていたが、部屋の上手後方の角を振り向く。そちらへ向かい、フラスコを手に取って見る）青酸。

ラジオ この中に勇気のない者がいたら――出口は簡単だ。

ミセス・チザム 自殺！

ラジオ 夜中の十二時前、皆さんのうちひとりが死ぬ。そして、最初に死ぬのは、一番生きるに値しない人物だ。

シルヴィア どうかしてるわ――恐ろしい、信じられないくらいの狂気よ。

ラジオ お集まりの皆さん！　わたしの提案を冗談としか受け止めず、真剣にゲームをやらない者は、玄関の右手のドアへ行くことだ。ドアの鍵は、テーブルの棚に置かれた『イソップ寓話』の第二巻に挟まっている。

（上手テーブルの下手側に座っている博士が、振り返って本を手に取る）

ジーン 開いて——開いて。（博士、本を開く）

シルヴィア 鍵だわ。（手を伸ばし、本から鍵を取る）

ラジオ そのドアの向こうに、これが深刻な状況だという証拠がある。（ピーター、鍵を受け取り、下手へ向かう。鍵はシルヴィアから受け取る）

ハンク 待ってくれ。ぼくはやはり、この部屋にいる誰かが裏で糸を引いていると思う。自分たちだけで逃げようとしないほうがいい——一緒にここにいるべきだ。

ジーン 彼にはわたしたちの声が聞こえ、姿が見えるのよ——もしわたしたちのひとりが取り残され、彼が本気でわたしたちを皆殺しにしようと思っているなら——絶好のチャンスを与えることになるわ。

オズグッド 同感だ。では——一緒にいることにしよう。さて——その部

屋に――何があるのか見に行くかね？

ミセス・チザム　（下手中央テーブルの後ろを横切る。オズグッドは舞台中央後方にいる）行くしかないと思うわ！（ピーター、舞台を横切りドアR1へ。鍵を開け、ドアを開く。男が部屋に倒れ込んでくる）

ピーター　うわっ！（ジーン、立ち上がって悲鳴をあげる）

博士　（上手中央で）いったい、彼は――。

ピーター　ええ。

ハンク　ちょっと待ってください――。（舞台を横切って下手へ向かい、男の前に膝をついて、遺体を調べる）見たことのない男だ。誰か、この人を知っていますか？

ティム　いいや。

ハンク　ピーター——ティム——。（ふたり、やってきて遺体をR1の外に出すのを手伝う）

ミセス・チザム　ジェイソン——どうすればいいの？

博士　驚くべきことだ。われわれは明らかに、恐ろしい敵に支配されている。

ジーン　（下手長椅子の前で）あの人、死んでいたわ。殺されたのよ。

ミセス・チザム　ジェイソン、あなたは昔からずっと有力者だったわ——わたしたちを助けて——どうか。

シルヴィア　指揮を執ってくださる、ミスター・オズグッド？　政治の面では、あなたとうまくいったことはないけれど、今夜のあなたは冷静さを保っていられるように見えますから。

ハンク　（R1から登場）ポケットには、男の身元がわかるものは何も入

っていなかった。何も。

ミセス・チザム　（下手中央後方で）わたしたちを助けて、ジェイソン。

オズグッド　（舞台中央後方で）敵が誰なのかわからなければ、何もできない。犯人を見つけ出さなくては。

ミセス・チザム　恐ろしすぎて何も考えられないわ——あなたに頼るわけにはいかないの？（ティムとピーター、R1から登場）

オズグッド　われわれはここに囚(とら)われている。実体を持たない声に、一時間以内にこの中の誰かが殺されると告げられている——そして、ほかの者は後から——しかし、全員が今夜じゅうに。ここを生きて出るには、とてつもない知能を出し抜かなくてはならない。

博士　声のいったことを聞き——たった今の光景を見たら、このアパートメントを出ようとするのは愚かな行為といえるだろう。

オズグッド　ここにいるのがわれわれだけでないなら——主催者と名乗る人物がこのペントハウスのどこかに隠れているなら、見つけ出さなくては。本当に遠くのラジオ局から話しているとすれば、このアパートメントは恐ろしい死の罠に満ちているはずだ。巧みに仕組まれ、夜が更けるにつれて、われわれを捕らえる罠が。わたしは、この場所をできる限り詳しく調べることを提案する。

ティム　勇気のある限りね。

ピーター　その通り。

オズグッド　よければ、手分けしよう。（ハンク、下手テーブルの後ろへ。ティムとピーターは下手前方にいる）

ピーター　待ってください——。ここにいるティム・サーモンが、ぼくたちの中には、ほかの客を嫌っている人たちがいると指摘しましたね。それを忘れましょう——力を合わせなければ。

シルヴィア　もちろんよ。

オズグッド　いいだろう。ミス・イングルスビー、ジーン、そしてマーガレットは、寝室を徹底的に調べてくれたまえ。

ジーン　わかりました。

シルヴィア　もちろん。

ミセス・チザム　いいわ、ジェイソン。

オズグッド　博士は玄関ホールを調べてくれ。ピーター、キッチンはきみに任せよう。ミスター・アボットとミスター・サーモンは、家を取り囲むベランダを慎重に調べてほしい。見たものを、できるだけ細かく頭に焼き付けるように。十分後に、全員から報告を受けよう。用意はいいかね？

シルヴィア　でも、この部屋を探す人が割り当てられていないわ。

オズグッド　それはわたしが引き受ける。

ハンク　よし、早いほどいいでしょう。行きましょう、ティム。（ティムとハンク、窓ＲＣからベランダに出る。博士もＲＣから出て行く。オズグッドは舞台中央に残る。ほかの人々は、舞台を横切りダイニングルームへ）

ミセス・チザム　（舞台を横切りながら）この調査がどれだけ安全なのかわからないけれど、やらなければならないわ。

シルヴィア　もちろん、やらなくちゃ。（ふたり、Ｌ２から退場）

ピーター　（その後を追いながら、ジーンに）ジーン、気をつけてくれるね？

ジーン　ピーター、ただでさえひどい夜なのに、そんなふりをされたら——。

ピーター　ふり？

ジーン　ええ、わたしを心配しているふりをしているけれど、馬鹿げた見せかけだとわかっているでしょう？

ピーター　聞いてくれないか——。

ジーン　いいえ——あなたの話は聞きたくない。あんな仕打ちをされた以上は。（ジーン、L2から退場。ピーター、L1から退場。オズグッド、小さなドアR3の向こうへ）

（ホーキンス、カクテルを持ってL2から登場し、上手テーブルにカクテルの載ったトレイを置く。あたりを見回し、舞台を横切って窓RCへ向かうと、部屋に戻って窓LCに向かい、出て行く。オズグッド、R3から登場してあたりを見回し、誰もいないとわかるとラジオに近づく）

オズグッド　聞こえるか？　ジェイソン・オズグッドだ！　この部屋にはわたししかいない！　聞いてくれ！　今夜、わたしを殺すといったな。助けてくれたら、それなりの礼をする。（張り詰めた、恐ろしい間があるが、ラジオは沈黙している。やがてオズグッドが続ける）わかっていないようだな！　脅しているんじゃない。取り引きしようというんだ！　いいか、わたしの命と引き換えに、二十五万ドル——百万ドルの四分の一だぞ——を、指示された場所に置くというのはどうだ？　聞こえなかったか？　ここには誰もいない。人を殺したいあまり、二十五万ドルに見向きもしない人間などいないはずだ。答えろ——答えろ——答えられないのか、それとも怖いのか？　待て！　わたしを信用していい証拠を見せてやる。待て！　人殺しの手助けをしてやる——。（部屋の上手後方に急ぎ、青酸の入った瓶を持ってくる。上手テーブルの奥へ行って瓶の蓋を開け、銀の栓でうっかり右手の指を切ってしまう。ハンカチを出して血を拭い、ハンカチをポケットにしまうと、カクテルシェーカーに毒を注ぐ。瓶をテーブルに置いたとき、上手舞台外から声が聞こえる）

ジーン　（舞台外で）来て、マーガレット。ここには何もないわ。

シルヴィア　（L2から登場しながら）怪しいものはなかったわ。それに、隅々まで探しても、この家に電話はなかった。（そのままRCからベランダに出る）

ジーン　（L2から登場しながら）浴室には何もなかったわ。ヨードチンキとギプスだけ。でも、特に危険なものには見えなかった。（下手長椅子の手前を横切る）

ミセス・チザム　（L2から登場）寝室におかしなものはなかったわ、ジェイソン。（下手長椅子の手前を横切り、ジーンをなだめる）

ピーター　（L1から登場）異常なものは何もなかった。シルヴィアは――？

ジーン　外にいるわ。

ピーター　（ベランダLCに向かいながら）シルヴィア――シルヴィア――シルヴィア。

シルヴィア　（RCから入ってくる）ここよ。

ピーター　どこにいたんだ？

シルヴィア　ここにいたわ。何か見つかった？

ピーター　いいや。（RCの外に目をやり、ほかの人々が入ってくるのを見る）待って――ほかの人たちが来る。

ティム　（RCから入ってくる）来てくれ、ハンク。

ハンク　今行きます。

ティム　異常なものは何も見つからなかった。

ホーキンス　（LCから登場。上手テーブルの手前を歩きながら）失礼します。カクテルをお注ぎしましょうか？

ハンク　ぜひそうしてくれ。（ホーキンス、カクテルをグラスに注ぎはじめる）誰にとっても、恐ろしい経験だった。何か飲めば気持ちが落ち着くだろう。

オズグッド　いい考えだ。（テーブルの手前を横切り、上手へ）

シルヴィア　博士はどこ？

ミセス・チザム　そうだわ。どこにいるの？

シルヴィア　（ベランダRCに近づき）戻ってきてください、博士。

博士　（LCから入ってくる）徹底的に探したが、異常なものは何も見つからなかった。

ピーター　（上手テーブルの後ろで）さあ、博士。賢明な考えが飲みものを勧めていますよ。

博士　いい考えだ。心から賛成するよ。（ホーキンス、下手長椅子の手前を通って、ミセス・チザムにカクテルを渡そうとする）

ミセス・チザム　いいえ、わたしは結構よ。ありがとう。

博士　マーガレット、飲みたまえ。気分がよくなる。

シルヴィア　（下手中央長椅子の後ろで）こんな状況で、この家にあるものを飲むのが賢明なことかしら？

ミセス・チザム　この家の中で？　わたしにはわからないわ。どう思う、ジェイソン？

オズグッド　飲まない理由があるかね？

ジーン　（長椅子に座って）変だと思いません？

オズグッド　何が？

ジーン　全部のグラスが血のように赤いなんて。

オズグッド　みんなの健康に乾杯。

ラジオ　飲んではいけない――。皆さんに喜んでお知らせしよう。アマルガメーテッド銀行のミスター・ジェイソン・オズグッドは、一分以内に死ぬ。（時計が十二時を打つ。オズグッド、七つ目の音でばったりと倒れて死ぬ。全員、アドリブで低くつぶやく）

博士　（オズグッドが倒れる間）ジェイソン――ジェイソン――。

シルヴィア　（断固として手を伸ばし、博士を止める）触っちゃ駄目。

ピーター　いったいどうしたんだ？

博士　死んでいる！

ピーター　最初のひとりだ！

ラジオ　皆さん――。

ティム　（ラジオに近づく）この頭のおかしい、キーキー声の悪魔め――。

ハンク　それに触らないでください、ティム――。（テーブルの後ろを横切り、ミセス・チザムの下手へ）

ミセス・チザム　ああ、ヘンリー、どうすればいいの？　誰かがジェイソンを殺したのよ。

博士　（上手中央後方で）誰がやったのかはわかっているつもりだ。ジェイソン・オズグッドはわたしの友人だ。（ティムに向かって）きみは彼を憎んでいた。長年にわたって、彼を排除し、この街全体を意のままにしようとしてきた。

ピーター　（厳しく）レイド博士！

シルヴィア　本心でないことはご自分でもおわかりでしょう、レイド博士！

博士　そして、きみはわたしが本心でいっていることを知っている。真相はどちらなのかな？

ミセス・チザム　あなたが彼を憎んでいたことは否定できないはずよ、ティム・サーモン。わたしたちみんなが知っているわ。

ティム　（下手中央で）ああ、彼を憎んでいたさ！　だが、殺してはいない。どうやって殺せたというんだ？　触れてもいないのに。

ピーター　そうですとも。ティムが彼を殺せたはずがない。

シルヴィア　（下手中央テーブルの後ろで）レイド博士、あなたは友人が死んだせいで理性を失ったのでしょう。そして、ティムはあなたのいっ

たことを大目に見てくれるはずです。（博士、口ごもる。ティム、しばし彼を見る）

ティム　謝罪があろうがなかろうが、レイド博士、あなたを殴り倒したいという気持ちに従ったりはしない。ジェイソン・オズグッドがどのようにして死んだのか、わたしは何も知らない。

博士　（上手中央で）ミスター・サーモン、わたしは謝罪しないし、自分のいったことを信じている。きみがジェイソン・オズグッドを殺したことを証明できないのは確かだ。だが全員が、きみたちが長年憎み合っていたことを知っている——職業上でも、個人的にも。彼が死ねば、きみとその一派がこの街の政治を支配し、きみと、ここにいるシルヴィア・イングルスビー、そしてお仲間が、市役所から不正な金を確実に集められるようになることを、みんな知っている。ここにいる証人の前で、もう一度いおう。どんな方法を使ったかは知らないが、わたしはきみが、ジェイソン・オズグッドを死に追いやったと信じている。

ピーター　（上手前方へ向かいながら、厳しい口調で）言葉に気をつけて

ください。

（警告の幕）

ハンク　レイド博士！

ティム　あなたのいうことは馬鹿げている。オズグッドの死を、一番怪しい人物のせいにしようとそんなに急ぐところを見ると、どうしたってこんな疑問が湧いてきてしまう。この男は、自分から疑いをそらそうとしていると。（全員が、それに続いて張りつめた様子で低くささやく）

ピーター　みんな、すっかりおかしくなっているんじゃありませんか――ここで冷静さを失ってはいけません。

ティム　おかしいかどうかはともかく、誰かがやったんだ。そうだろう――。

博士　きみとその一味が悪事を働くのは、これが初めてではないはずだ、

ティム・サーモン。

ミセス・チザム　彼は死んだ――誰かが彼を殺した――彼を憎んでいた誰かが――。

シルヴィア　なぜティム・サーモンが、こんなふうにいわれるのを我慢しなくてはならないの――。

ハンク　確かに、彼らは宿敵だったけれど――。

ジーン　怖いわ――もう耐えられない――逃げなくちゃ。（銅鑼が一時を告げる）

ラジオ　皆さん。この男の死には、皆さんの誰も責任はない。すでにいった通り、今夜あなたたちは、自分自身のせいで死ぬのだ。このことを告げるのは残念だが、ミスター・ジェイソン・オズグッドが勧めた飲みものには毒が入っていた。

ハンク　（下手、大声で）しかし、彼は何も飲んでいなかった。

ラジオ　飲んではいないが、フラスコには確実に自殺できるような準備が施されていた。銀の蓋には仕掛けがあり、後で彼の右手に小さな傷があるのがわかると思うが、巧みに仕込まれた注射針によりテトラエチルがほとばしり出たのだ。皆さんも、ミスター・オズグッドが自ら死を招いたことに同意してくれることだろう。また、この集まりで最初に死ぬのは、最も生きている価値のない人物だということにも。

幕

第二幕第一場

幕が開くと、ティムは上手中央、ホーキンスは下手中央、ミセス・チザムは下手長椅子の手前にいる。ジーンは下手の一番後方、シルヴィアは上手テーブルの手前。

ジーン ああ――やめて、やめて！

ティム （上手中央で、激しく）続けろといっただろう！

ホーキンス （下手中央で）存じません。

ティム われわれが、そんなことを鵜呑みにする子供だと思っているのか？

ホーキンス　存じません。

ティム　続けろ！

ミセス・チザム　でも、この人がこれ以上のことを知らなかったら？

ティム　だったら、神に助けを求めることだな！

ミセス・チザム　（立ち上がって）わたしは許さないわ――。

シルヴィア　口出ししないで！　続けて、ティム！

ホーキンス　わたしは紹介所から派遣されてきました。そう申し上げたはずです。

ジーン　それは本当かもしれないわ。嘘だとはいえない。

ティム　だが、嘘かもしれない。そして、われわれの命は、ここで何が起こっているかを知ることにかかっているんだ。さあ！（ホーキンスに自分のほうを向かせて）今夜、われわれが来るどれくらい前にここへ来た？

ホーキンス　わたしは八時に、ほかの使用人と落ち合いました。

シルヴィア　誰がアパートメントに入れたの？

ホーキンス　ドアは開いていました——そこにある手紙に書かれている通りに。

シルヴィア　（タイプ打ちの手紙を手に）ほかの使用人と、今夜の雇い主について話した？

ホーキンス　いいえ、マダム。

シルヴィア　わたしたちにとって、生きるか死ぬかの問題になるかもしれ

ないの――殺人犯はラジオを通じて、わたしたち全員が彼を知っているといった――これは個人的な恨みと復讐だって。彼の名が知りたいのよ。

ティム　白状するんだ。さもないと、生きていられる限りで最もひどい目に遭わせるぞ。

ジーン　彼は老人よ。そんなことはやめて。

ミセス・チザム　そんな暴力は許さないわ。絶対に許さない。

シルヴィア　いっておきますが、ミセス・チザム、ここを仕切っているのはあなたではないわ。ティム！

ティム　ああ、シルヴィア。

シルヴィア　この人をどこかへ連れて行って、知っていることを聞き出して。

ティム　いいとも！　わかっているだろうが、この男が一枚嚙んでいる可能性もあるんだ――もしそうなら、全部吐かせてやる。行け。（ホーキンスを、L2から出るように促す）

ホーキンス　（ミセス・チザムに向かって）ミセス・チザム――。

ティム　行け！（ホーキンス、L2から退場。ティムがそれに続く）

ジーン　（下手前方で）わたしだって、ここにいるみんなと同じくらい生きていたいわ――生きていたい理由がたくさんあるもの――でも、どうしてけだものみたいにふるまわなくてはならないの？

シルヴィア　（ミセス・チザムは舞台中央後方を歩き回る。シルヴィア、上手テーブルの上にタイプ打ちの手紙を放る）なぜなら、今夜のわたしたちはまさにそれだからよ――けだもの――動物――がここに閉じ込められ、生きるために戦っている――強ければ勝てるかもしれない――弱ければ死ぬだけよ。

ミセス・チザム　（長椅子に近づき、腰を下ろす）わたしは臆病者じゃないわ。

シルヴィア　だったら証明してよ——ほかの人を手伝って。

ジーン　何を手伝うの？

シルヴィア　やらなければならないことをよ！（舞台中央を横切る）

ジーン　行きましょう、マーガレット。

ミセス・チザム　（立ち上がり）ええ——。（ふたりが歩きはじめると、博士がドアL1から入ってくる。ミセス・チザムとジーン、立ち止まる）静かに！

ジーン　（博士に）ミスター・オズグッドは本当に亡くなったのですか？

博士　信じられない――現実離れしている――が、残念ながらその通りだ。

ミセス・チザム　わたしたちはどうすればいいの?

博士　わからない。どう考えればいいか、判断するのは難しい。(ピーターとハンク、LCから入ってくる)

ピーター　女の使用人がいなくなった。

シルヴィア　いなくなった?

ハンク　(上手テーブルの後ろで) ピーターとぼくは、ペントハウスの屋根を調べていたんだ。女の使用人はキッチンに残して――数分前、ティムが執事をそこへ連れてきて、ほかの使用人はどこにいるとぼくたちに訊いた。下りてきたら、見つからなかった。

ミセス・チザム　でも、ここからは出られないわ。どうやって出て行った

の？

ピーター　待って！（下手テーブルの奥を横切り、ドアR３へ）外のテラスに小さなドアがある――キッチンのドアからやすやすとテラスに出て――いつでも――外の通路を通って、ぼくたちが部屋にいない間に玄関のドアから出られる。もちろん、開け方を知っていればの話だが。

ジーン　（下手に座って）彼女たちがあのドアから出られるなら、わたしだって出られるわ。（立ち上がり、ドアR２に向かう）

ピーター　（その前に立ちはだかり）あのドアに触るな。

ジーン　（立ち止まって）わたしを止めることはできないわ。出て行くといったでしょう。

ハンク　ジーン。

ジーン　できないわ。怖い。どうすればいいかわからない。

ミセス・チザム　（下手長椅子に座ったまま）でも、ここで手をこまねいているわけにはいかないわ。

博士　（上手テーブルの下手側に座り）われわれをあざ笑う悪魔は、この家のどこかにいるはずだ。

ピーター　でも、それはありえません。隠れる場所はどこにもないんですから。

ハンク　建築業者が、秘密の隠れ場所を作ったとは考えられないか？（舞台中央を横切る）

ミセス・チザム　まさか。

博士　ありうる気はする。だが、ありえない気もする。（ミセス・チザム、立ち上がって舞台を横切り上手テーブルの上手側へ。座る）

ジーン　（下手中央のテーブルへ向かい）今夜は何が起きてもおかしくない気がしてきたわ。（ハンク、上手テーブルの後ろを横切る）

ラジオ　アパートメントを調べて安心したことだろう。これは殺戮のゲームではない。知恵比べだ。われらが友、レイド博士が大好きなチェスのように——またはミセス・マーガレット・チザムが大好きなブリッジ——または若き新聞記者ピーター・デイリーが大好きなアナグラム——または、ミス・ジーン・トレントがハリウッドのパーティーで上手に披露する五行戯詩（リメリック）のように。

シルヴィア　（下手中央後方から、下手長椅子に近づき、腰を下ろす）わたしたちを知っている人物に違いないわ。

ラジオ　または、ミスター・ティモシー・サーモンがたしなむポーカー——または、ミスター・アボットが数字と格闘する高等数学のゲーム——またはミス・シルヴィア・イングルスビーが法廷で、自分よりも正当性のある証拠で武装した敵を機転で負かすゲームのように。

ジーン　（下手長椅子の後ろで）わたしたち――全員だわ。

ラジオ　わたしは馬鹿げた計略を使うほど落ちぶれてはいないが、このペントハウスを出ようとすれば、きわめて非芸術的な形で人生を終わらせることになると警告しておこう。あらゆる予防策は講じてある。二十階建てのこの建物の下は、夜のこの時間になると人通りはない。（ジーン、舞台を横切りRCへ。ベランダの外を見る）十五階の屋根は遠くまで張り出していて、ここの窓から何かを投げても、通りに落ちる見込みはない。この屋根から中に入る重いドアには、巧みに電気配線が施されている。金属製の屋根はアースの役目をし、電気回路を完成させた者は命を失う。

博士　（上手テーブルの下手側の椅子で）われわれは、異常者によって閉じ込められた――その人物はわれわれを見て――笑っている。

ミセス・チザム　（上手テーブルの上手側の椅子で）ええ、わたしたちが何もできずにここに座っている間に。

ジーン　（窓RCで）考えてみて。この下では――五十万人の人々が――静かに眠ったり――日常生活を送ったりしているのよ――。（部屋の中央へ）

シルヴィア　ジーン、理性を失わないで。誰かがヒステリーを起こせば、みんなパニックに陥るわ。

ピーター　（下手に座って）だが、どこかに出口があるはずだ。ぼくたちは馬鹿じゃない。見つけ出さなければ。

ラジオ　皆さんは、わたしの主賓――九番目の招待客――の気まぐれに従わなければならない。彼はまもなくやってくる。その名前は死。あなたたちは、死ぬためにここに呼ばれた――今夜――ひとり、またひとりと――自分にふさわしい死を迎えるのだ。

ミセス・チザム　九番目の招待客？

ハンク　（上手テーブルの後ろで）自分にふさわしい死？　どうして誰か

がぼくたちを殺したいなんて思うんだ?

ジーン (舞台中央後方で) わたし——ジーン・トレントは——死んだ。今突然、自分が人間でないような気がしてきたわ。ただの大量の骨——それに肉がついているだけ。

ハンク (彼女に近づき) さあ——さあ。ジーン、ぼくたちは死なないさ。何とかして、この状況から脱出するんだ。

ジーン (ラジオの下手に座る) わたしは大丈夫。気を失ったりしないわ。ただ、ひどく震えてしまって。

ピーター (下手前方の椅子で) みんなそうさ。朝になる前に死ぬなんていわれたら、怖くなってしまう。でも、何とか相手を出し抜く方法があるはずだ。

ラジオ 皆さん、これは皆さんとわたしが敵味方となるゲームだ——主賓の死が審判だ。もしもわたしが負ければ、もしもあなたたちの誰かが、

わたしよりも頭のいいことを証明し、わたしを出し抜くことができれば、わたしはあなたたちの目の前で死のう。

ピーター ぼくたちの目の前で？

ミセス・チザム そしてわたしたちは、ここに閉じ込められている。

ハンク 閉じ込められている――まるで生き埋めにされているように。

ジーン （立ち上がる）やめて。みんなをおかしくさせたいの？

ラジオ だが、もしわたしが勝てば――代償を払ってもらう。朝までにはゲームは終わる――日が昇る頃には、客はいなくなるだろう。

ミセス・チザム そのラジオを止めて。

ハンク 待ってください。このいまいましい家にあるものに触るのには反対です。

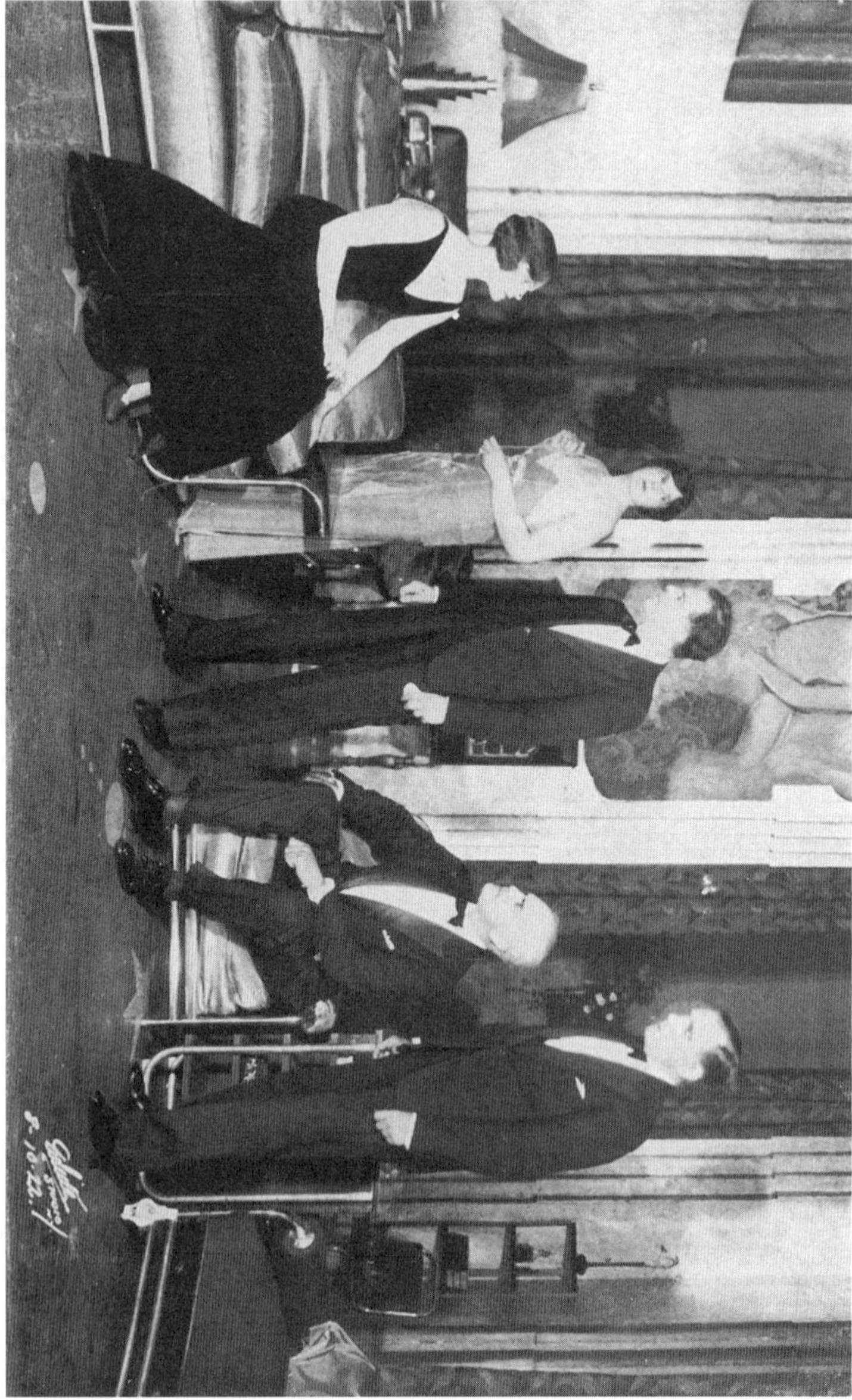

博士　恐ろしいのは、ここに閉じ込められて――成り行きを見ていなくてはならないことだ。誰か、脱出する方法を思いつかないか？

ピーター　（立ち上がる）この異常者を出し抜かない限り、朝までには全員が死ぬということに、そろそろ気づくべきでしょうね。この状況に、計画した人物と同じくらい論理的に対応しなくてはなりません。（ティム、L2から登場し、上手テーブルの後ろへ）

ティム　やつはしゃべろうとしない。何も知らないか、自分の雇い主をわたしよりも恐れているかのどちらかだ――しかも、十分震え上がらせてやったというのに。

ハンク　ティム、彼にそこまでする権利はあなたにはありません。ちょっと見てきます。（L2から退場）

ミセス・チザム　こんなのはぞっとするわ。

ピーター　でも、現にこうなってしまったんです。

ジーン　（舞台を横切り長椅子へ。シルヴィアの上手側に座る）耐えられないわ！　これ以上耐えられない、シルヴィア。

シルヴィア　ジーン――駄目よ。あなたなら冷静さを保つ努力をしてくれると信じているわ。もちろん、あなたにとってはひどく恐ろしいことでしょうけれど。

ジーン　恐ろしいわ。わたしたち全員にとって。できるだけの努力はするわ、シルヴィア。ほかの人に迷惑をかけたくないもの。

ミセス・チザム　もちろん、誰もがお互いのことを思いやっているわ。そうでなければ、わたしはとっくにヒステリーを起こしているはずよ。

ピーター　聞いてください。ぼくたちはここにいる――そして、死ぬ運命だと告げられている。当然、誰もが自分の身の安全を考えるでしょう――しかし、たった今の恐ろしい教訓で、ぬけがけは許されないことが

わかったと思います。この恐ろしい状況が続く間、全員が頭をはっきりさせていれば、命は助かると固く信じています。

博士　少なくとも、下の通りとのやり取りを積極的に試す必要があるな。どれだけ絶望的でも。

シルヴィア　バルコニーから合図を送ってみるのよ――。（立ち上がり、ピーターに向かって）声は届かなくても、メッセージを伝える努力はしなくては。

ピーター　待ってくれ。（ドアR2へ向かう）

ティム　（下手中央後方で、ピーターに）ピーター！

ピーター　（全員のほうを振り返り）あのドアに中から電気が流れているのなら、警察がぼくたちの窮地を知ったとして、どうやってここへ入れるというんです？

博士　だが、警察はわれわれを囚われの身にした犯人にたどり着くかもしれない。

ピーター　その犯人が、ぼくたちと一緒にここに閉じ込められていない限りはね！（下手ステップを降りる）

ジーン　そんなはずないでしょう！

ミセス・チザム　ええ。ただし――。

ピーター　ただし、ぼくたちの中のひとりなら話は別だ！

ジーン　まさか。

シルヴィア　わたしはそう思っているわ――。

ティム　わたしもだ。

ミセス・チザム　ここに座って、恐怖が訪れるのをおとなしく待っていなくてはならないの？（舞台中央へ）

ティム　（下手中央で）持ちこたえるんだ！　若い頃はさんざん喧嘩もしたが、こんなのは初めてだ――。くそっ、こんなことをした男を捕まえてやりたい。（博士を見る）

博士　（立ち上がる）やるというのか――。

ティム　やる？　わたしが？　ネズミのようにこんなところに閉じ込められてるんだ！　やらない理由があるか？

博士　こんなのは耐えられれん。

ミセス・チザム　（ふたりの間に入って）やめて――ふたりとも。

博士　そうだな、マーガレット。行こう。（後方を向く）

ミセス・チザム　ええ、博士。（ふたり、ＬＣからベランダに出る）

（シルヴィア、ティムに近づき、彼を連れてＬＣからベランダに出る。ピーター、長椅子の奥を横切り上手へ向かう。舞台中央に来ると急に足を止め、長椅子に座っているジーンを振り返る。その後、ＬＣから出て行く）

ハンク　（Ｌ２から登場）あの気の毒なホーキンスが、何か知っているとは思えない。

ジーン　わたしもよ。

ハンク　神経ってのは妙なものだ、ジーン。自分自身が危険にさらされていると、きみたちの危険を忘れそうになる。きみに関することで、忘れることがあるとは思わなかった。

ジーン　ずっと昔からの友達だもの。

ハンク　（長椅子のジーンの隣に座って）いつでもね。

ジーン　いつでも。今となっては、これまで何があってもという意味よ――これから何が起こってもということではないわ。これからはそうでなくなると考えると、とても怖い。

ハンク　おかしなものだな――奇妙な、まともじゃない気分だ――こんなに急に終わりがくるなんて。

ジーン　（立ち上がってドアL1へ向かい、出て行く）ええ。（ハンク、出て行く彼女を見る）

ピーター　（LCから入ってきて、舞台中央へ）駄目だ、ハンク！　新聞紙を燃やしてみたけれど、結局どうだったかというと――誰かが気づいてくれる望みはなかった。

博士　（LCから入ってくる）朝まで持ちこたえられれば、苦境を知らせる合図を通りから見つけてもらえるかもしれん。（シルヴィア、LCか

ら入ってきて、上手テーブルの後ろへ）

ピーター　本当のことをいってください、レイド博士。ぼくたちが朝まで持ちこたえられる確率はどれくらいあると思いますか？

博士　（舞台中央後方で）きわめて少ないだろうな――。

シルヴィア　わたしたちの危険は、外でなく中にあるから？

ピーター　それはわからないだろう。

ハンク　（下手前方で）この家のどこかに頭のいい存在がいて、ぼくたちを見ている。ぼくたち全員を知っていて、すべての動きを把握している。そいつはぼくたちを憎み、ここへ集めた。そして今、ここにいる――ぼくたちが死ぬのを見るために。（ミセス・チザム、Ｌ１から登場。ジーンがその後に続く）

ジーン　お願い！　マーガレット！

ミセス・チザム　静かにして、ジーン！　静かにするのよ！

ピーター　どうしたんだ、ジーン？

ミセス・チザム　何でもないわ。怯えているのよ――みんなと同じように――。（上手テーブルの下手側に座る）でも、彼女はわたしが友達だと知っているわ。ねえ、ジーン！　少なくとも、わたしを信じていいわ！

ティム　（L2から登場）みんな、聞いてくれ。もう我慢の限界だ。わたしは裏切られた。決着をつけたい。

ハンク　決着をつけたいのは自分だけだと思っているんですか？

ティム　わたしは十分前に、執事をキッチンに置いてきた。

ハンク　どういう意味です？

ティム　彼はいなくなった。

博士　何だって！

ティム　この中の誰かが、逃がすのを助けたに違いない。

ハンク　どうやって？

ティム　ここから脱出する方法を知っている者がいて、そいつがまずほかの使用人を逃がし、それから執事を逃がしたんだ。

博士　しかし、どうすればわれわれの誰かに、そんなことができる？

ピーター　（下手中央後方で）どうすればぼくたちの誰かに、ジェイソン・オズグッドを殺すことができたでしょう？　しかし、彼は現に殺されました。

博士　（舞台中央後方で）その事実に疑いの余地はないが、どうやったの

かは理解できない！　ほかの人に知られずに、どうやって外部と連絡を取れるというのだ？

ジーン　でも、外部と連絡を取った人がいるわ。

ミセス・チザム　ジーン！

ピーター　どういうことだ？

ジーン　あなたが話す、マーガレット？　それともわたしがいわなければいけない？

ミセス・チザム　何のことかわからないわ、ジーン。

ジーン　いいえ、わかっているはずよ——（ほかの人々に向かって）わたしたち、もう一度正面の寝室を調べていたの——窓際に小さなテーブルがあって、最初に調べたときには何も置かれていなかった——でも今回、マーガレット・チザムがそのテーブルから白い封筒を手に取ったのを見

たの――彼女はそれを読み――わたしから隠した。

ハンク　ミセス・チザム！

ジーン　彼女はそのことを否定した――でも、わたしは見たの。見間違いのはずはないわ。

博士　（舞台中央へ）マーガレット！

ミセス・チザム　嘘よ。

ピーター　確かなのか、ジーン？

ジーン　ええ。

ミセス・チザム　嘘よ。

ティム　シルヴィア！

シルヴィア　ええ、ティム。

ティム　（上手テーブルの後ろで）きみとジーンで、ミセス・チザムを連れて行き、調べるんだ。（ジーンとシルヴィア、ミセス・チザムに近づこうとする）

ミセス・チザム　（上手テーブルの下手側の椅子から立ち上がり）そんなことはしないわよね。

シルヴィア　するわ。

ジーン　しなければならないの。

博士　やりたまえ！

ミセス・チザム　わたしは何も知らない。わけがわからないわ。

博士　その手紙を渡してくれるか？

ミセス・チザム　これよ。（博士に手紙を渡す。博士が開こうとすると、ミセス・チザムがいう）ジーンがいった通り、最初に部屋に入ったときにはなかったわ――そして、それはわたし宛てだったの。

博士　（手紙を読み上げる）「マーガレット・チザム、夜が明ける前に、おまえの正体を暴露する。主催者より！」（マーガレットに向かって）これはどういう意味だ、マーガレット？

ミセス・チザム　わからないわ――わたしの正体を暴くなんて――わたしが何をしたというの？――みんな、わたしのことを知っているでしょう！　ここにいる人は誰も、わたしを疑っていないはずよ。

博士　手紙にはこう書かれているが、わたしは自分自身だけでなくマーガレット・チザムのためにも請け合おう。（振り返り、舞台を横切って下手長椅子の手前に向かう。下手長椅子の端に立っているハンクに向かって）彼女の人生に謎めいたところはない――スキャンダルも――秘密も

ない。

シルヴィア　（舞台中央後方から、ミセス・チザムの下手側へ）それはまったくの真実ではないわ。そうでしょう、マーガレット？

ミセス・チザム　シルヴィア――。

シルヴィア　本当のことを話す、マーガレット？　わたしはあなたの弁護士だから――職業的な秘密を暴露することはできないわ。

ピーター　（上手中央後方で）それが今夜のぼくたちの立場と関係があるのなら、話してもらわなければ。

ラジオ　（シルヴィア、舞台を横切り下手中央へ。ピーター、ラジオのほうを見る）待て。そろそろふたり目がパーティーを去る時間だ――そして、ふたり目もひとり目と同じように、この素晴らしい集まりに加わる価値のない人間であることに同意してもらえることだろう。

博士　冷静になれ！　冷静になるんだ！

ラジオ　そして、その客が去る前に、彼女の人生の一面が皆さんの興味を引くかもしれない――。

博士　彼、彼女の人生！

ミセス・チザム　わ、わたしの人生――あの声は、わたしのことをいっているのよ！（上手テーブルの下手側に座る）

博士　われわれの動き――われわれの考えることすべての先を読む、この恐ろしい知性とは、いったい何なのだ？

ラジオ　そろそろ、わたしのゲームの流儀がわかってきたことだろう。わたしは次の敵を選んだ――きらびやかな社交界のリーダー、ミセス・マーガレット・チザムだ。

博士　マーガレット！

ピーター　落ち着いて！

シルヴィア　（舞台を横切り、上手テーブルの下手側の椅子の後ろにいるミセス・チザムに近づく）そこにいて、マーガレット！　動かないで！

ラジオ　この女は二十六歳のとき、裕福で社会的地位の高い男と結婚した。その数年前、彼女は西部で一時期を過ごしている。

ミセス・チザム　やめて！　やめて！

ラジオ　彼女には、皆さんが知っている名前を名乗る権利はない。彼女が法的な権利を有する名前はただひとつ、彼女がその土地にいたときに結婚した男性――ジミー・ヴィッカーズのものだ。

博士　まさか！

（警告の幕）

ミセス・チザム　（立ち上がって）嘘よ！　むごい嘘だわ！

ラジオ　そしてジミー・ヴィッカーズはこの市内にいて、彼女を探している。

ミセス・チザム　この市内に？　嘘よ。彼は死んだ。ずっと前に死んだわ。

ラジオ　死んではいない。彼女を探し出し、彼女の友人の前で面と向かって、世間に知らしめようとしている。

ミセス・チザム　（舞台中央後方を横切り、ラジオに向かう）いいえ！　やめて！　耐えられない！　彼に会うなんて！　無理よ！　耐えられない！

ラジオ　彼女の友人の前で、面と向かってこういおうとしている。この女、社交界のリーダーは、重婚者であるばかりでなく、生計を立てるために売ったものがある。それは――。

ミセス・チザム　（振り返り、下手長椅子の奥のテーブルからグラスを取る）やめて！　やめて！　やめて！（グラスの中身を飲み、死ぬ）

（下手前方にいたハンク、ソファの彼女に駆け寄る。上手テーブルの後ろにいたピーター、ミセス・チザムに近づく。ふたり、彼女の体をラジオの下手側の椅子に運ぶ）

（以下の台詞は、マーガレットが毒を飲む場面で発せられる）

シルヴィア　マーガレット！

博士　マーガレット！

ピーター　ミセス・チザム！

ラジオ　各自が自分を殺す手段をわたしに提供するといったのを覚えているだろう。マーガレット・チザムの手に渡るようにした手紙には、彼女

が誰にも知られていないと思っていたことが書かれていた。彼女は、わたしが思った通りに反応したのだ。

幕

第二幕第二場

幕はしばらく下りている。ミセス・チザム、舞台から運び出される。
幕が開くと、ハンクが下手前方の椅子に座っている。シルヴィアは、
下手長椅子のジーンの隣に座っている。

博士 （RCのベランダから、下手中央の前方に来て）ジェイソン・オズグッドが死に、今度はマーガレット・チザムが殺された――彼らを狡猾に殺した人物は、彼らのことをわたしよりもよく知っていた――わたしは長年、彼らを友人と呼んでいたのに。（ティム、LCから入ってきて、上手テーブルの後ろを横切りながら話す）

ティム 何もかも理解を超えている。

ジーン　マーガレットに関する話は事実じゃないわ。違うに決まっている。

シルヴィア　事実よ。（全員、反応する）彼女はそのジミー・ヴィッカーズという人物と、三か月暮らしていた――それから家に戻ったの。わたしのほかにそのことを知っているのは、彼女の母親だけ。でも、わたしは半年前に、そのジミー・ヴィッカーズが生きていて、彼女を脅していることを知った。

ハンク　（下手長椅子の下手側で）じゃあ、すべてはそのジミー・ヴィッカーズが仕組んだことじゃないと、どうしてわかる？

ティム　（上手前方で）それなら、なぜわれわれ全員が巻き込まれなくてはならない？　彼女の弱みは握っていても、われわれに恨みはないはずだ。

博士　そうだ。これはひとりでなく、われわれ全員に対するものだ。それは間違いない。つまり、全員が死ぬということだ。

ティム　だったら、どうすればいい？　ここでじっとしたまま――それを待つのか？

ピーター　ぼくは嫌だな。

シルヴィア　（長椅子で）わたしもよ。一生懸命働いて、手に入れたものはほんのわずかだもの。

ピーター　自分を守るチャンスもなく、こんなふうに死にたくない。神経がおかしくなってしまう。我慢できない。（上手後方を見る）

ジーン　何かしたらどう？（舞台を横切り、上手テーブルの下手側へ。座る）

ティム　何をしろというんだ？　何だってやってやる。どんなことだって。

シルヴィア　彼は全員を殺すつもりなのよ――ひとりずつ。わからないの？　誰ひとり、逃げることはできない――誰ひとり！

ティム　どんなに頭がよくても、そんなことができるはずがない。何かミスをするはずだ――そのときに、われわれが冷静さを失わなければ、やつを捕まえられるだろう。

博士　（下手中央後方で）彼が当てにしているのはわれわれのミスだ。そして、これまでのところ、うまくいっている。

ピーター　選択の余地はない――ひとりで戦うか、みんなで戦うかだ。

ハンク　ぼくたちだけで、どんな勝ち目があるというんだ?

シルヴィア　あのふたりは自分の弱さに殺された。あの声が、わたしたちみんながそうなるだろうといった通りに。

ティム　確かにそうだ。

ハンク　自分たちを守る手段を講じない限り。（シルヴィア、ハンクのほ

うを見る）

博士　手段か――誰か、考えはあるか？

ハンク　ひとつあります。（全員が彼を見る）

ピーター　何だ？

ハンク　今夜ひと晩ここで過ごすなら、助かる方法はただひとつ――敵が死ぬことです――ぼくたちの命か、彼の命か。

ティム　その通りだ。

博士　つまり、われわれにも殺人者になれというのか？

ハンク　ぼくたちは、今夜は法の外にいます。世間から切り離されている――こんな大都会の真ん中で――無人島か難破船にいるみたいに完全に切り離されて――自分たちがやらなければ、誰も助けには来ない。

ピーター　（舞台中央後方で）そして、ぼくたちはしくじった。

博士　（下手中央後方で）ミスター・アボットのいう通りだ――勝ち目があるとすれば、この企ての動機を見つけること――そして、われわれの誰が仕組んだかを突き止めることだ。

ハンク　ひとりひとりを陪審裁判にかけることを提案します。ここで、この部屋で――そして、陪審員が有罪と認めた者には死んでもらうのです。

博士　陪審員か。ひとりずつ裁判にかけ、ほかの者は陪審員に任命されるというわけだな。

ティム　待ってくれ。

ハンク　レイド博士には、裁判官になってもらうことを提案します。

ピーター　ああ。シルヴィアが弁護士だ――被告側の弁護士になってもら

う。

ティム 彼女には全員の弁護士になってもらおう――真相を知るために。それだけがわれわれの望みだ。

博士 では、用意はいいかな？

ピーター ええ。

ハンク まずは宣言しましょう！　ここにいる誰かが、これらの死について――全部または一部において――有罪だと判断されたときは、その人物は死を迎える。

博士 よろしい。

ハンク 男でも、女でも！

ティム 誰であろうと関係ない！

博士　はいか、いいえか――全員の同意が必要だ。質問の準備はいいか？

ピーター　はい。

博士　全員が誓わなければならない。

全員　はい。（全員が、上手テーブルの下手側に座るジーンを見る）

ジーン　はい。

シルヴィア　では、わたしから始めるのがいいと思うわ――わたしが知る限り、まったく害はないはずだけれど。

ジーン　そうかしら？　あなたが害のない人でないのは間違いないわ、シルヴィア。わたしたちのどちらも。ピーターも、ハンクも、ミスター・サーモンも、ここにいる誰でも。わたしたちが死ねば大いにほっとする人がいることを、知らない人はいないはずよ。

ハンク　ぼくもまったく同じことを考えていた。

ティム　くそっ、誰がわたしを殺したがっているのかがわかれば。

ピーター　どうやら、その誰かはぼくたち全員を殺したがっているようですね。

博士　わたしはこの恐ろしい状況を解明しようと努力している。だが、われわれの中に——論理的にいって、この途方もない犯罪の被告人がいるという驚くべき結論を捨てきれないのだ。

ティム　われわれの中にというのは——どういう意味だ？

ピーター　あなた自身がぼくたちのことを分析しながら、次の動きを計画しているのではないと、どうしてわかります？

博士　何かほのめかしたいことでもあるのかね？

ピーター　もちろんです。あなたはぼくたちが殺人者になるかもしれないとおっしゃったじゃありませんか。だったら、あなたもそうでしょう。あなたはぼくたちを分析する——ぼくたちにも、あなたを分析させてください。

ハンク　あなたは頑固な人です——レイド博士——助言を聞かずに行動するのに慣れている。自分の大事な目的を果たすことが——別の人物やグループによって——阻止されたのを知ったとしたら？

博士　この部屋にいる全員が、潜在的殺人者だ。

ピーター　いい加減にしてください、博士。

博士　今夜ここで使われた物理的な手段は、ジェイソン・オズグッドの死がこのアパートメントの中にいる人物の仕業であると、誰ひとり理解できないようなものに違いない。それでもわたしは、殺人者はこの部屋にいる誰かだと確信している。六人のうちひとりが、ほかの五人の死を企

てているのだ。

ジーン　こんな議論はぞっとするわ。

ピーター　まったくだ。だがそれでも、事に向き合わなければならない。（上手のティムを見る）自分が手に入れたいものをぼくたちに奪われ、その復讐をしている人物がいるんだ。

博士　だが、われわれは誰からも、何も奪っていない。

ハンク　考えてみてください！　ほかの人たちが何もできずに傍観している間に、自分だけ得をしたことのない人がいますか？　ほかの人が生きていなければ、もっと多くのものを手に入れられた可能性がない人が？

シルヴィア　（立ち上がって、舞台を横切り下手中央へ。上手中央の博士に）レイド博士、あなたを殺したい可能性のある人は、ここにいますか？

博士　ああ。ヘンリー・アボットだ。

シルヴィア　続けて。

博士　彼はわたしを憎んでおり、そのことを自覚している。

ハンク　少なくとも、ぼくはあなたのように後ろから人を刺すような臆病者じゃありません。弁護の機会も与えずに、大学から放り出すなんて。

博士　本当のことを知りたければいうが、きみを大学から追い出したのは、きみが個人的に嫌いだったからだ。わたしが気に入らないのはきみの意見だけじゃない。その人を見下したような、傲慢な虚栄心だよ。

ハンク　ぼくがあなたを殺すと考える根拠があるなら、それが何なのか、ぼくたちに教えてもらえませんか？

博士　大学の教員を辞めるように伝えてから、きみがわたしに恨みを抱いているのを非常に強く感じていた。

シルヴィア　レイド博士、ミスター・アボットに訊きたいことはありますか？

博士　今のところはない。（下手中央後方を向く）

シルヴィア　では続けましょう。（舞台中央に立ち、ジーンに）ジーン、あなたが死んだら、何らかの利益を得る人がいると思う？

ジーン　（上手テーブルの下手側に座ったまま）そんな質問に答えてもいいときがあるとすれば、今がそのときね。わたしが死ぬのを見れば大喜びする人が、ひとりだけいるわ——ピーター・デイリーよ。

ピーター　（上手中央に来て）ジーン！

ジーン　もちろん、こんなことをいうのは恐ろしいことだし、ピーターがわたしのことを頑固で意地っ張りだと思っているのも知っているわ。彼がほしい土地を手に入れさせないからよ。それに、わたしが死ねば、彼

がそれを手に入れるのを邪魔する者はいなくなることも知っているわ。

ピーター　確かにそうだ、ジーン。でも、ぼくはきみを殺したりしない。きみはどちらかといえば不愉快な気取り屋で、自分が大物だという考えで頭がいっぱいだと思う。（ピーター、ほかの人々に向かって）これはずっと前から始まっていたことで、ぼくは決着をつけたかったのに、彼女がそうさせてくれなかったんです。続けてくれ、ジーン。自分の言い分を聞かせたいだろう。

ジーン　ピーターとわたしは一緒に育った。わたしたちの家族は、同じひとつの家族のようなものだった。わたしたちは親友だったの。

ピーター　お互い正直になろう、ジーン。ぼくたちはとても愛し合っていた。

ジーン　ええ。ピーターがいった通り、わたしたちはとても愛し合っていた——一時は。

シルヴィア でも、この一件の裏にあるのはそれだけじゃないはずよ。わたしたちはそれが知りたいの。

ジーン いいわ。みんなが知っての通り、わたしの家は土地持ちだけれど貧乏だった。両親が死んでから、わたしは自分で生計を立てなければならなかった。わたしと彼の父親はチェットウッドの土地をふたりで所有していた。遺言によれば、相続者全員が手放すことに同意しない限り、チェットウッドは永遠にデイリー家とトレント家のものになるということだった。ピーターはデイリー家の唯一の相続人で、わたしはトレント家の唯一の相続人なの。

シルヴィア そして、彼は売りたいと思い、あなたはそう思わないというわけね。その土地には石油が埋蔵されているから、売れば大金が入ってくる。

ジーン わたしが持っている、完璧に美しいただひとつのものよ。飢え死にしたって売らないわ。でも、わたしが死んだら、彼はそこを売って油井を掘らせ、自分は億万長者になるでしょう。

ピーター　いいたいことはそれだけか？

ジーン　（立ち上がる）ええ、それだけよ。（彼から顔をそむけ、上手前方を見る）

ピーター　（上手中央を横切る）ジーン、本当のことをいおう。小さい頃からきみが好きだった。きみだけを愛しているし、その虚栄心や浅はかさに気づかないわけにはいかなくても、あいにく生きている限りきみを愛さずにはいられない。（舞台中央後方へ）

シルヴィア　（舞台中央で）わたしはやはり、殺人の一番の動機は、普通はお金ほしさだと主張するわ。それで――（あたりを見回す）わたしたちの死によって、金銭的な恩恵を受ける人はほかにいる？

ティム　わたしの死によって恩恵を受けることはないだろう。遺言状は作成済みだし、わたしの財産は、友人たちへのささやかな遺贈を除けば、妻と娘たちのものになる。

ハンク　ティム、その遺贈の相手はこの部屋にいますか？

ティム　ああ。

ハンク　そしてその遺贈は、遺言状で指名されている人物に渡るものと、ほとんど同じくらい多額なんじゃありませんか？

ティム　そうは思わない。

シルヴィア　ティム、あなたが包み隠さず話しているとは思えないわ。誰かに遺産を贈るなら、いってもらわないと。

ティム　絶対にいうものか。

ピーター　（上手中央へ）ティム、ここにいる人たちは、今夜聞いた秘密を口外しないと信用できます。すべてを明らかにしなければ、全員が死ぬことになるかもしれないんです。

ティム　わかった。わたしは遺言状で、シルヴィアに二十五万ドルを遺した。

シルヴィア　ティム！

ティム　きみは一番の親友だ。これよりもずっと多額の金を、わたしにもたらしてくれたのは知っているだろう。みんな、聞いてくれ。こうして話した以上、わたしが疑わしいことを隠しているとは思わないだろう。シルヴィアはこのことを一切知らなかった。それに、もし知っていたとしても、彼女がそのためにわたしを殺したりしないことはわかっているはずだ。さあ、これで満足だろう。

博士　しかし、どうしてわかる？　二十五万ドルといえば大金だ。

シルヴィア　（彼に向かって）つまり、わたしがこのすべてと何らかのかかわりがあると疑っているの？

博士　少なくとも、きみがこの件に関して秘匿情報を持っているのではないかと思っている。

ティム　待ってくれ。それはシルヴィアを非難しているも同然だ。

ハンク　いいえ。ぼくたちは事実を明らかにしようとしているんです。そして、彼女にあなたを殺したい動機があるのが明らかになりました。それはただの前置きで、あなたには彼女の命を奪いたいという、もっと強い動機がありますが。

シルヴィア　（上手テーブルの後ろを横切り、上手前方にいるティムに）ティム！

ティム　つまり、濡れ衣を着せようっていうんだな？　みんなして、わたしに濡れ衣を着せようとしている。続けてくれ。聞こうじゃないか。

ピーター　ティム・サーモン、昨日の朝、奥さんが離婚裁判を起こしたというのは本当ですか？　ここにいるシルヴィアを共同被告として？

シルヴィア　嘘よ。

ピーター　嘘ですか、ティム？　嘘なんですか？（下手中央後方にいる博士に）ぼくが帰宅する六時前には、うちの新聞はつかんでいましたよ。この目で確認したんですから。

ティム　残念ながら本当だ――だが、これはシルヴィアとわたしの問題だ――きみたちの問題じゃない。

博士　それを信じていいのかね？

ティム　全員が信じていいことがひとつある。ここにいるシルヴィアはわたしの人生における大切な存在――素晴らしい存在だ――わたしたちは一緒に働いてきた――それだけだ――それ以外のことは、全部嘘っぱちだ！

博士　きみの家庭の事情が、今夜ここで起きたことと関係があるかもしれ

ないし、ないかもしれない――しかし、このことはわかっている。きみは長い時間、キッチンに執事とふたりきりでいた――そして戻ってきて、彼が口を割らなかったといった。

ティム　本当のことだ――。

博士　だが、きみが執事を置き去りにしてから、誰も執事の姿を見ていない。

ハンク　ぼくは見ましたよ。気の毒に、ひどく殴られていましたが、しゃべることはできました。彼が消える直前のことです。

博士　（舞台中央で）だが問題は、きみが置き去りにしたとき、彼はキッチンにいたということだ。

ハンク　（長椅子の下手側で）ええ――。

博士　そしてきみは――（と、ティムに）彼のところへ戻った。

ティム　彼はいなくなっていたといったはずだ。

博士　きみがそういっているだけだ。

ピーター　（上手中央後方で）彼はどこへ行ったんです、ティム？

ティム　どうしてわたしが知っている？

ピーター　五階下に、張り出した屋根があります――それに、あたりは暗い。

ティム　（舞台を横切り、上手中央のピーターに近づく）ピーター！　わたしが彼を殺したと思っているんじゃないだろうな？

博士　感情的になるな。われわれが知りたいのは事実だ。きみには彼を殺すことができた。

ティム　ほかの全員にだってできたさ――あの手すりから、あんな年寄りを投げ落とすのは、そう骨の折れることじゃない――キッチンのあたりは四フィートの高さしかないからな。

博士　ミスター・サーモン、きみの党は選挙でジェイソン・オズグッドに勝ったが、それに大金を使ったことは周知の事実だ。

ティム　それで――。

博士　その金の大部分は、きみの政治的支援者である酒の密造業者や密輸業者から提供されたものだ。

ティム　それで？

博士　この件と、この市内の酒をめぐる腐敗した利権との間に、どんな関係がある？

ティム　何の関係もない！

シルヴィア　（上手テーブルの後ろから、舞台を横切りテーブルの上手側へ）異議あり、レイド博士。まったく無関係な質問です。

博士　これは証人の性格を立証するのに役立つと思われる。

ハンク　あるいは、被告人の！

ティム　（舞台を横切り下手長椅子の手前へ。長椅子の下手側に座っているハンクに向かって）今のわたしはそうなのか？（舞台中央の博士に向かって）そうなのか？

博士　われわれの中の誰かが有罪だとしよう。それを疑う余地はないと思うがね。だとすれば――遠慮なくいわせてもらえば、犯人はきみだというのがわたしの意見だ。

シルヴィア　ひとりの意見の問題じゃないわ。

博士　アボット！　ピーター！　この男を調べてくれ。（舞台中央後方にいたピーター、長椅子の正面に立つティムの上手側へ来る）

ティム　やめろ。

博士　やるんだ。

ピーター　隠しているものがないなら、どうして反対するんです？

ティム　こんな仕打ちを我慢するつもりはないぞ。

シルヴィア　気をつけて、ティム！

博士　三対一だということを指摘しなくてはならないかな？

シルヴィア　お願い、ティム！

ティム　わかった。どうせ何も見つからないさ。（ふたり、身体検査をす

る。ハンクはティムの上着の右ポケットからリヴォルヴァーを見つけ、博士に渡す。博士は舞台を横切ってハンクからそれを受け取る）

ティム　わたしには敵が多いんだ。そのことはみんな知っているだろう――銃を携帯する許可も得ている。何の隠し事もない。

博士　しかし、われわれにいい印象を持っていないのはわかる――続けてくれ。（博士、舞台を横切って上手テーブルへ近づき、上手側の端にリヴォルヴァーを置く）

ピーター　（ティムの上着の左ポケットから真空管を取り出す。博士に向かって）博士、これは何でしょう？

博士　（ピーターから真空管を受け取り）ラジオの真空管だ！（全員がラジオを見る。上手テーブルの上手側に座っていたシルヴィア、立ち上がって舞台中央へ。成り行きを見守る）

ハンク　何てことだ！

ティム どこからそんなものが入ったか知らない。生まれてこのかた、そんなものは見たことがない。

ジーン ティム！（上手テーブルの後ろへ）

（警告の幕）

ピーター ティムだったんだ！

ティム 卑怯者め！（ハンクとピーター、ティムを捕まえる。ハンクはティムの右、ピーターは左をつかむ）頭がどうかしてしまったのか？

博士 彼の命か、われわれの命かだ。

ティム （もがきながら）わたしは無慈悲に殺されるつもりはない。いいか、そんなことはさせないぞ！（と、舞台中央へ向かおうとする。彼に振り切られ、ハンクは上手のシルヴィアの手前に放り出される。ピータ

ーは下手後方に放り出される。上手後方にいた博士、ティムの右腕をつかむ。シルヴィア、上手テーブルの上に博士が置いたリヴォルヴァーを手に取る）

シルヴィア　彼を放して！　彼を放して！（リヴォルヴァーを構える。ハンク、彼女の右手をつかむ。その瞬間、彼女は発砲する。ティムがよろめき、舞台中央で後ろに倒れる。全員、後ずさりする）ティム！

ティム　（倒れながら）これまでだ！（死ぬ）

シルヴィア　（舞台中央のティムの後ろに膝をつき）彼を殺してしまった。わたしが死ねばよかった。（立ち上がり、あたりを見回す）あのいまいましい声で、わたしたちみんながおかしくなったのよ。もう耐えられない！　もうおしまいよ。ここを出るわ。あのいまいましい声を――これ以上――聞いてはいられない――（ドアR2に向かって駆け出す）ここから出て行くわ――行かせてちょうだい！（ドアノブをつかむ。ドアに電流が走り、シルヴィアが悲鳴をあげる。照明がちらつきながら暗くなる。電気は六秒ほど流れている）

ピーター　（シルヴィアがドアに駆け寄る間）ドアに触るな！

ハンク　気をつけろ！（電流がオフになると、シルヴィアがドアノブから手を離し、ステップを二段転がり落ちて床に倒れる。青いスポットライトがシルヴィアを照らす。電流がオフになる一秒前、幕が下りる）

幕

第三幕

場面――同

幕が開くと、舞台は薄暗い。最も強い明かりは下手中央のテーブルランプで、下手長椅子にスポットライトを投げかけている。月明かりはもはやなく、ベランダは暗い。

幕が開くと、ジーンが下手長椅子に悲しげに座っている。ピーターは舞台後方を行き来し、かすかに音を立てながら嗅ぎ煙草を嗅いでいる。ジーン、びくっとする。ピーター、彼女を見る――上手テーブルの後ろへ行き、テーブルの上にトレイと二つのグラスと一緒に置かれていたデカンタとサイフォンボトルから飲み物を注ぐ。飲み物を手に舞台を横切りジーンのところへ。長椅子の彼女の隣に座る。

ピーター　（飲み物を差し出し）これを飲んで。

ジーン　いらないわ。

ピーター　何の心配もないよ。ジーン、飲まないのは、ぼくがきみに毒を盛ろうとしていると考えているからか？

ジーン　どう考えればいいというの？

ピーター　ぼくたちが大きな危険の渦中にあることは否定しない。そして、その大元が何なのか、どうやったって想像もつかない。

ジーン　何の希望も持てないわ。今となっては。

ピーター　（グラスを置き）これは狂人との知恵比べだ。ぼくは相手を出し抜くつもりだ、ジーン。そうしなければならない。きみをもうひとりの犠牲者にはさせない。

ジーン　わたしは死ぬんだわ。

ピーター　いいや。

ジーン　死ぬのはわかってる。

ピーター　何とかして阻止する。きみを愛しているんだ。

ジーン　あなたはみんなの前でそういった——いうべきではなかったわ。そのせいで、わたしはちっぽけで、劣った存在になった気がする——それに——（立ち上がり、下手へと歩いて行く）当然のことだけれど、わたしは——あんな——あんな恐ろしいことがシルヴィアに起こってから、ここに座って自分のことを考えていた。

ピーター　ああ。

ジーン　（ピーターに向き直り）ピーター、わたしが甘やかされていたの

は知っているわ。わたしは思い上がっていたし、高慢だった。あなたがわたしを助けようとしていたのを知っていて、そうさせなかった。

ピーター　それがどうしたっていうんだ？　きみは今では大いに成功している。みんながそれを知っているじゃないか。

ジーン　（長椅子に座る）いいえ。運がよかった――それだけよ――何の意味もない――幸運をつかんだだけ――ピーター！　わたし、生きることについて何も学んでいないわ。死にたくない。

ピーター　何か方法があるはずだ。それを見つけ出すよ。ほら、ジーン、飲んで。

ジーン　（謙虚に）ええ、ピーター。（グラスを受け取り、飲む。ピーター、彼女を見ている――ジーン、グラスの中身を少し飲んだ後、顔を上げる）どうしてそんな変な目で見るの？（彼を見て、手に持ったグラスを見下ろした後、急に怯えて立ち上がる）ピーター！　わたしに何をしたの？

ピーター　何もしていない！　頼むから、冷静になってくれ。（ジーンからグラスを取り上げ、残りを飲み干す）さあ、これで満足したかい？（舞台を横切り、上手テーブルの後ろへ。トレイにグラスを置く）何てことだ！　自分は高慢で、甘やかされて、思い上がっていたと認めたと思ったら、今度は僕が毒を盛ろうとしていると非難するなんて。

ジーン　ごめんなさい、ピーター。疲れ切ってしまっただけなの――どう考えたらいいのかわからない――どうすればいいか――それに、何の違いがあるの――今さら、どんな違いがあるっていうの？　気の毒なシルヴィアが死んだ後、あの恐ろしい声は、最後に何ていった？　次のひとりは、一時になる前に死ぬといったのよ。

ピーター　ああ。

ジーン　あと五分もないわ！（立ち上がり、下手長椅子の後ろへ）

ピーター　（上手テーブルの手前を横切る）ああ。（ハンクと博士、ＬＣか

ら登場）

博士　アボットは手がつけられん。すっかり理性を失っている。

ハンク　（舞台を横切り、下手中央へ向かいながら）ぼくは大丈夫です。世話を焼こうとしないでください。

博士　（舞台中央後方で）臆病者のふりをしても、何の得にもならないぞ。

ハンク　待ってください。ぼくにそんな口をきくことはできませんよ。

博士　（舞台中央前方へ）警告しているんだ、アボット。

ハンク　ぼくに警告だって！

ジーン　やめて！　自分たちが何をしているかわかっているの？　今夜ここで死んだ人たちは、迫りくる危険を直視できなかったから死んだのよ。わたしたちが助かるとすれば、全員が冷静でいることがどれだけ大事か

わからないの？

ピーター （上手中央テーブルの後ろで）確かに彼女のいう通りだ。そして、彼女にこの試練に立ち向かう勇気があるなら、男のぼくたちにもあるはずだ。

ハンク （長椅子に座り）どうかな――シルヴィアが逝ってしまうまでは平気だった。でも、あれで神経が参ってしまった。シルヴィアは正気を失い、ぼくがそれを後押しした。

ピーター きみのせいじゃない、ハンク。きみのいったことは、みんなが考えていたことだ。こんな恐ろしい緊張の下では、ほかのときには思いも寄らないようなことを口走っても、誰も責められない。（ラジオの下手側に座る）

ハンク 生まれて初めて、シルヴィアは自制心を失った。そして、ぼくがそう仕向けたんだ！

ジーン　あんなに怯えた彼女は見たことがないわ。彼女が何かに怯えるなんて思わなかった。

ピーター　彼女のことはずっと前から知っている――とてもさっぱりした人だった。

ジーン　あのドアに触ったらどんなことになるか、知っていたはずよ。あの声は、ドアには人が死ぬほどの電気が流れているといったもの。

ハンク　（急に興奮して）そうだ！　くそっ！　みんな頭がおかしくなってしまったのか？（立ち上がる）確かにあそこにはぼくたちを殺すだけの電気が流れていた。でも、今はそうじゃない。

ジーン　ハンク！

ピーター　（下手中央後方へ向かう）何の話をしているんだ？

ハンク　彼女があそこで、一瞬あのドアにしがみつき、それから倒れるの

を見ただろう？

ジーン ええ！ 恐ろしい光景だった！

ハンク だが、今では電気は流れていない。誰かが電気を切らなければ、シルヴィアは倒れなかった。

博士 その通りだ。（上手テーブルの下手側の椅子から立ち上がり、ドアR2に近づく）それなら、われわれにも――。

ハンク もちろんできます！ ただし――（全員がドアR2に近づく）

ラジオ （突然また話し出す）さて、残った客は四人だけのようだ。著名な教育者、マレー・チャルマーズ・レイド博士。蜂蜜のような声にまばゆい魅力、またたく星明かりと舞い散る花びらから生まれた、ミス・ジーン・トレント。

ジーン （後方へ。絶望的な様子で）この声を止められないの？

ラジオ　そして、才気あふれる若き政治ジャーナリスト、ミスター・ピーター・デイリー。そして、魅力的な好事家、親しみを込めてハンクと呼ばれるミスター・ヘンリー・L・アボット。敵はたったの四人。

ハンク　畜生！

ピーター　くそっ、何の手立てもないのか？　全員で知恵を出し合えば、何か考えつくんじゃないか？

博士　考えていたのだが、ここに座っているとき、あることを思いついた。無駄かもしれないが、試してみる価値はある。（LCのベランダに近づき、ピーターに）一緒に来てくれ、ピーター。（ほかの人に）すぐに戻る。あるものを見せたいんだ。（ピーターと博士、LCから出て行く。ハンク、それを追おうとする）

ジーン　（下手前方の長椅子の手前で）ハンク！　外へ出るのは怖いわ。何もかも怖いの。

ハンク （窓LCから外を見る）彼らをふたりきりにしたくないんだ。

ジーン でも、怖いの——本当に怖いの！

ハンク （部屋に戻って）レイド博士は気に入らない。それに、これまで見てきたことを考えると、彼から目を離してはいけないような気がしてならないんだ。注意深く見張っていなければ。それでも、どういうわけか、このすべてがひとりの人間の仕業だとは思えない。あまりにも完璧すぎる。

ジーン （長椅子の奥のテーブルで、煙草を取り上げそれに火をつける。長椅子へ向かい、全身を震わせながら座る）全身が震えてるわ。

ハンク （彼女に近づき）ジーン、このことは知っておいてほしい。今夜、きみを守るためならどんなことでもする。これからもそうするつもりだ。

ジーン そうしてくれると信じているわ、ハンク。

ピーター　（ＬＣの外から）ハンク！　ハンク！（ＬＣから入ってくる）

ハンク　（彼のほうを向き）どうした？

ピーター　博士とバルコニーに立って、下の通りに連絡する方法を考えているとき——振り返ったら彼が——。

博士　（舞台外、ダイニングルームから）アボット！　アボット！（Ｌ２から登場）

ハンク　はい。

博士　使用人を見つけたぞ。

ハンク　どういうことです！

博士　（舞台中央で）キッチンに鍵のかかったドアがあった。力ずくで開

けると——物置のようになっていて——そこにいたんだ——執事とほかのふたりが——薬を盛られているのは間違いない——起こすことはできなかった——。

ジーン （長椅子に座って）でも、レイド博士！

博士 これが意味することがわからないか——執事が消え、このアパートメントに通じる唯一のドアは閉ざされ、電気が流されていて、彼らは薬を盛られ——見つかった部屋に通じるドアには、外から鍵がかかっていた。

ハンク （下手中央で）そして、ここにいるのは——ぼくたちだけだ！

博士 （舞台中央で）われわれだけだ。（博士、振り返って自分の上手にいるピーターを見る。ピーター、男性ふたりを見て、上手テーブルの手前へ）

ハンク （長椅子の後ろを歩いて下手前方へ）この家で、何か恐ろしいこ

とが企まれている。ぞっとするような――コウモリのように不気味なものが、一度にひとりずつ襲いかかってくる。ぼくたちは逃げられない。誰かがぼくたちを見て、ぼくたちが逃げられないのを知っていて、もがくのを見て笑っている。

博士　そして、今夜ここに囚われた全員が、予言された通りに行動し、自らの弱点をさらけ出している。（ハンク、下手長椅子に座る）わたしは、挑戦を受けて立つには、自分の立場を忘れないことだと決意した。不幸な友人のように、自ら死に向かうようなことはしない。（博士、最後の台詞のあたりで下手テーブルの後ろへ行き、ランプの下に手を伸ばして鎖を引く。明かりが消え、部屋は暗がりと明るい場所に二分される。明かりが消えると、ハンクが怒ったように振り返る）

ハンク　どうして明かりを消すんです？

ピーター　レイド博士！

博士　なぜなら、わたしはこの椅子のそばに立ち、部屋を見ていようと思

うからだ。そして、ほかの全員よりも目立たないようにしていたいからだ。（後ずさりし、ラジオの下手側の椅子へ向かう）

ジーン　ここにじっと座って待ってはいられないわ。（立ち上がり、長椅子の下手側へ）

ラジオ　皆さん、この部屋に危険はひとつしかないことを思い出してもらいたい――それは、わたしを出し抜けないかもしれないという危険だ。誰ひとり、偶然に死ぬことはない。それぞれが、わたしが計画した通りの死を迎えるか、わたしの計画に反して生き残るかだ。

ジーン　わたしたちの話がみんな聞こえているのよ。わたしたちのしていることをみんな見ているんだわ。ああ！（長椅子の後ろを横切りラジオへ向かう）どこに隠れているの？（窓ＬＣへ近づき、外を見る）

ピーター　（上手後方から舞台を横切りラジオへ向かう。ラジオに向かって激しい口調で）自分はまったく安全だと思っているんだろう？　誰もおまえを見つけ出すほど頭がよくないと。（上手テーブルの後ろを横切

る）ああ、今のところはそうらしい。

ジーン　（窓LCで）わたしの家はこの下にあるわ。ほんの数ブロック先に。でも、たどり着くことはできない。二度とたどり着けない。（舞台を横切り上手テーブルの下手側の椅子へ）

博士　あの明かりがひどく暗いのに気づいていたか？

ハンク　（長椅子から立ち上がり、奥を横切って窓RCへ。外を見る）確かに、前よりも暗くなったような気がします。この時期は夜明けが早いですから。まもなく、東から光が射してくるでしょう。（外を見ながらたたずむ）

ジーン　さっきより暗くなってる！　わたしにはわかるわ！

ピーター　（舞台を横切り上手中央の彼女に近づく）落ち着け、ジーン！

ジーン　助けて、ピーター。とても怖い。

ピーター　（彼女の体に腕を回し）落ち着くんだ！

ジーン　わたしを放さないで。しっかり抱いていて、ピーター。見て、だんだん暗くなっている。（部屋はゆっくりと暗くなっていく。ハンクの顔と上半身は、窓からの薄暗い明かりを受けてシルエットのように見える。立っている博士のそばの椅子は、ぼんやりと見て取れる）

ピーター　動かないで、ジーン。ぼくとここにいるんだ。

ジーン　ええ、ピーター。ええ。でも、今わたしの身に恐ろしいことが起ころうとしているなら、このことはいわせて。わたしがどんなに自分を恥じているか――（ベランダの青いスポットライト以外、照明がすべて消える）ああ！（時計が一時を打つ）

博士　一時だ！

ピーター　ええ！

ジーン　でも、声は――。

ピーター　一時だ！　やつは、次の犠牲者は一時になる前に死ぬといった――。

ハンク　でも、ぼくらはここにいる！

ピーター　生きてる！

博士　となると――やつはしくじったのだ！

ハンク　（ラジオに向かって）おまえはしくじった！　畜生め！　しくじったんだ！（舞台外で銃声。サイレンサー付きの効果音。ガラスが割れる。ハンクがうめく）

ジーン　（ピーターと一緒にハンクに駆け寄る）ハンク！

ピーター　窓だ！（彼らはハンクを上手テーブルの下手側の椅子に座らせる。博士は窓RCに立っている）ハンク——怪我をしたのか？

ジーン　ひどい怪我なの、ハンク？（舞台中央にいるピーターに）ピーター、明かりをつけて。

ピーター　（長椅子の奥、下手テーブルの上のランプに駆け寄り、ランプをつける。すべての照明がつく。ピーター、舞台後方を振り返り、窓RCに博士がいるのを見る。博士はベランダに転がり落ちて死んでいる。ピーター、窓に駆け寄る）ああ！　何てことだ！　殺されてる！（部屋を振り返る。あたりを見回し、頭上の壁RCの窓を見る）何があったか一目瞭然だ。銃はレイド博士を狙って、窓越しに撃たれた。ハンクはその間にいて、弾が頭をかすめたんだ。銃にはマキシム・サイレンサーが付いていたに違いない。さもなければ、銃声はもっと大きかっただろう。待ってくれ。（下手後方の角、壁にはまった窓の下にあった椅子に上る）確かめたいことがある。

ハンク　何をだ、ピーター？（ジーン、舞台中央後方へ。窓と向かい合

う）

ピーター　レイド博士が銃で殺されたとき、何があったかをだ。

ハンク　きみのいいたいことはわかる気がする。（肩越しにジーンに）ピーターとぼくは、同じことを自問しているんだ。この屋上のペントハウスは、市内で一番高い建物だ。弾はどこから発射された？

ピーター　（椅子から降りて）それが問題だ。

ハンク　いいか。レイド博士は窓から半分体をそむけて立っていた。

ジーン　（ハンクが舞台中央に向かう間、ジーンは彼の後ろを横切り下手中央へ）いいたいことはわかるわ。窓越しに銃を撃った人は、あのテラスの手すりに立っていなければならないということね。

ピーター　その通り。レイド博士を殺した弾は、上から発射されていた。それは下へと向かい、ちょうどそこに立っていたハンクの頭をかすめて、

レイド博士の心臓に当たった。

ジーン　わかるわ。

ピーター　そして、それが意味しているのはただひとつ。

ジーン　（急に恐怖に打たれて振り返る）彼は外にいる——バルコニーに——。（ピーター、窓RCを見る。間を置いて、ベランダに近づき、出て行く。舞台外で左右を見て、部屋に戻る）

ハンク　そうだ！

ピーター　いいや！　わけがわからない。

ハンク　ぼくもだ。やったのは主催者しかいないと思ったが。

ラジオ　だがもちろん、主催者にはわかっている——。

ハンク　（驚いて）ああ、あの恐ろしい声を止めろ――教えてくれ――教えてくれ――レイド博士はどうやって死んだ？

ラジオ　銃の発砲によってだ。

ピーター　（下手中央後方で、ラジオに）レイド博士は銃で撃たれて死んだというのか？　答えろ！　なぜ答えない？

ハンク　（上手テーブルの後ろを横切り、その上手側に座る）ピーター、思ったよりもひどい怪我みたいだ。

ピーター　本当か？　ジーン、ハンクを見ていてくれ。バスルームに包帯か何かがあると、誰かいっていなかったかな？（L1から退場）

ジーン　しっかりして、ハンク。あなたに気を失ってもらうわけにはいかないのよ。

ハンク　（傷をハンカチで拭きながら）気を失ったりはしないよ。

ジーン （ハンクの頭の傷を見る）大怪我ではないと思うわ、ハンク。でも、思っていたより深いみたい。

ピーター （洗面器、脱脂綿、ヨードチンキ、包帯、テープ、ナイフを持ってL1から登場。それを上手テーブルに置く）持ってきたぞ！ ヨードチンキがある、ジーン。この脱脂綿に浸してくれ。

ジーン わかったわ。

ピーター こうしたことはよくわからないが、できるだけのことはやってみよう。

（ジーン、脱脂綿を取り、ヨードチンキを少し含ませてハンクの頭に当てる。ピーター、包帯をほどき、ナイフで切って、ハンクの頭に巻く。彼らの見ていないところで、ジーンは窓RCを振り返る。そのとき、ベランダのすぐ外に何かあるのに気づく。急に、決然として出て行くと、暗がりの中で屈み、何かを拾うのが観客に見える。ピーター、

ハンクの頭に包帯を巻き終える。突然、彼はテープでハンクに目隠し、素早く上手壁の明かりのスイッチに近づくと、スイッチを押す。すべての照明が消え、舞台は真っ暗になる。ハンク、ぱっと立ち上がる。恐ろしい格闘が起こる。テーブルに置かれていた洗面器が落ち、椅子が倒れる音。格闘は、ハンクが殴られ、上手テーブルの下手側の椅子に倒れ込むまで続く。ピーターに殴られ、彼は一瞬気を失う。ピーター、L2から舞台外へ急行し、トランク用のストラップを手に戻ってきて、上手壁の照明のスイッチを引く。すべての照明がつく。ハンクに駆け寄り、彼の腕を椅子の背に縛りつける）

ジーン　（急いでRCから入ってくる。右手にリヴォルヴァーを持ち、それにはマキシム・サイレンサーがついているのが見える。彼女はピーターに銃を突きつける）ピーター！（ちょうど縛り終えたピーター、はっと立ち上がる）動かないで！　動いたら殺すわ、ピーター。それをハンクの目から取って。

ピーター　彼を自由にするものか。

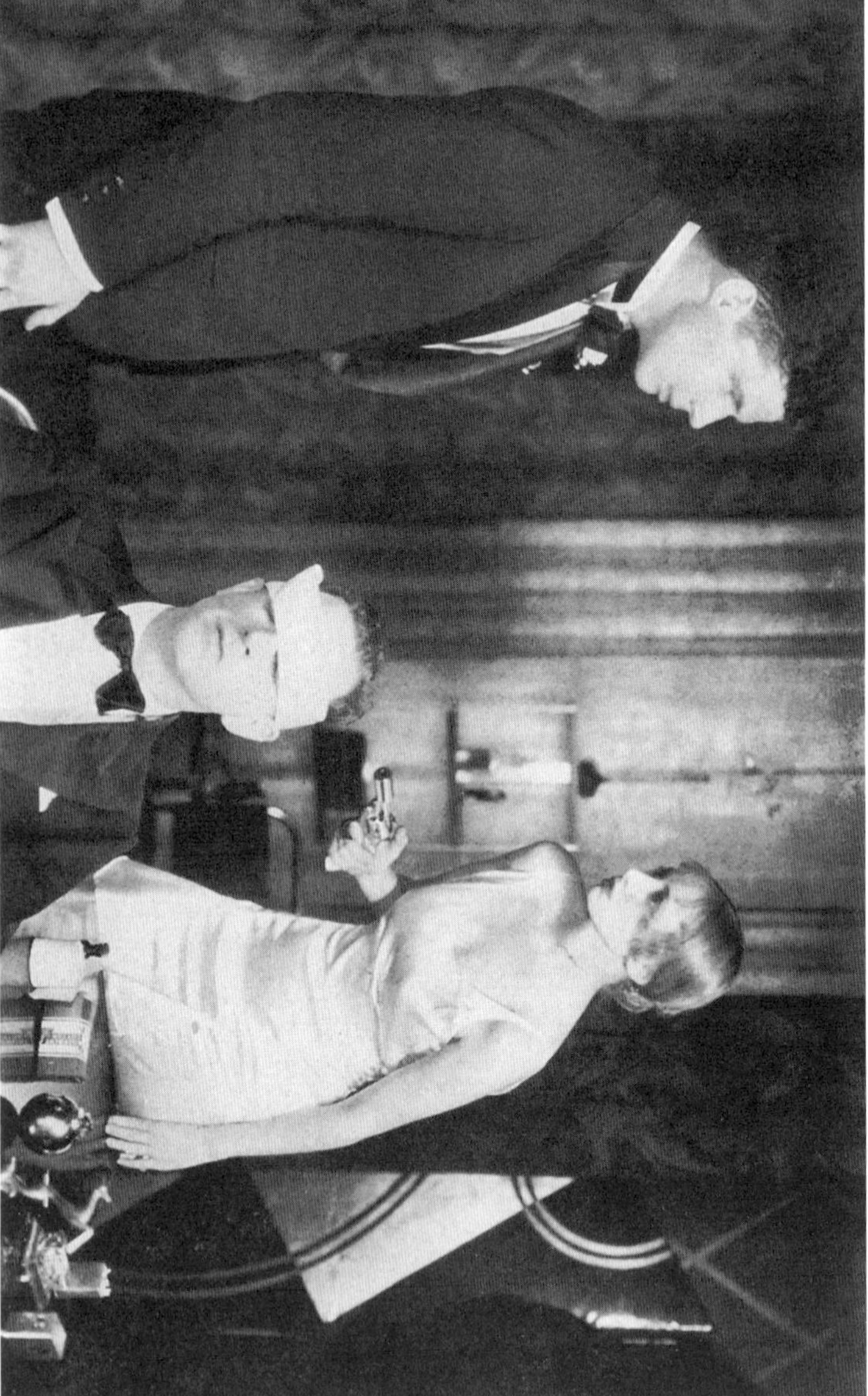

ジーン　自由にしろとはいっていないわ。彼の目から包帯を取ってといっているのよ。私は本気よ！

ピーター　わかった。（ハンクの後ろへ行き、ハンクの目から包帯を取る。前方のテーブルの上手へ）ジーン、正気に戻ってくれ。この怪物が、今夜きみの友達五人をすでに殺しているのがわからないのか？

ジーン　（下手中央で）真実が知りたいの。わたしはあなたがハンクの目をふさぎ、縛り上げたことしか知らないわ。

ハンク　（意識を取り戻して）なぜなら、彼はほかの人を殺したようにぼくを殺せないと気づいたからだ。

ピーター　（激しい口調で）きさま――。（ハンクのほうを向く）

ジーン　黙って、ピーター。ハンク、ピーターが、今夜の出来事の犯人なのは確かなの？

ハンク　もちろんだ。すべてをどうやったのかはわからないが、彼がどうやってレイド博士を殺したかはわかる。

ジーン　それで十分よ。（ピーターのほうを向く）さあ、話して。

ピーター　ハンクがやったに決まっているだろう。レイド博士が撃たれたとき、そう確信したんだ。それまで気づかなかったなんて、ぼくたちは何も見えない愚か者だった。

ジーン　証明できる？

ピーター　ハンク以外に罪を犯せる人間がいないと、きみに納得してもらえるだけの証拠はある。

ハンク　ジーン、彼はどうかしている。

ピーター　ジーン、これは時間の無駄でしかない。

ハンク　彼はぼくたちに、博士が部屋の外にいる人間に殺されたと思わせたがっている。でも、違うんだ、ジーン。博士が殺される前、ぼくたち全員がどこに立っていたか覚えているかい？

ジーン　ええ。あなたはそこの窓のそばにいた。博士は椅子の横にいた。ピーターとわたしはここ、部屋の真ん中で一緒に立っていたわ。

ハンク　その通りだ。ピーターはきみに、そばにいるようにいい、きみの体に腕を回した。彼はマキシム・サイレンサーがついたリヴォルヴァーを持っていた。彼は発砲し、レイド博士を殺した弾は博士の体を貫通してぼくをかすめ、あそこの窓を割った。きみがぼくを助けに駆け寄ってきた間に、ピーターは銃を窓からバルコニーに投げ、きみはそれを見つけたんだ。

ジーン　でも、あの声は！

ハンク　彼が声を作った方法を教えよう。この部屋の中に、飾りに見せかけてマイクが仕込まれている。そして、彼はスイッチを入れ、それに向

かってささやいた。ラジオは彼の声を大きく響かせる。スチールの指輪か、ひょっとしたら爪でそっとマイクを叩けば、銅鑼の音になる。

ピーター　今度はぼくの話を聞く番だ。（上手テーブルの手前を横切り、舞台中央から下手中央にいるジーンに近づく）彼がこの恐ろしいパーティーを計画したのはわかっている。彼が今夜、ぼくの友達五人を死に追いやったんだ。最初は、どうすればパーティーのメンバーが主催者になれるのかわからなかった。やがて、光が射したように急に気づいた。部屋にいる人の中で、声が直接答えた相手は、彼しかいないと。残りのぼくたちには答えなかった。ハンクはフランスで、チザム大佐が自殺したときに彼の連隊にいた。そのときにマーガレットが重婚者だと知ったんだ。時が経つにつれ、ぼくは確信を深めた——そして、ついにわかった。彼は少し前に、レイド博士がどうやって死んだかを訊き、声は「銃の発砲によってだ」と答えた。確実を期すために、ぼくも質問したが、声は答えなかった。

ジーン　ありえないわ。

ピーター　（上手テーブルの後ろへ向かいながら、突然）ジーン、ぼくは最初の客を知っている。

ジーン　彼を知っているの？

ピーター　あの男の死体を見たときから、誰だろうと考えていたんだ。今ならわかる。（テーブルの後ろのハンクに）若い電気技師だ。きみ自身がぼくを彼に紹介したんだ、ハンク。きみは彼に、迷路のような配線とレコードの用意をさせて、秘密を守るためにぼくたちが来る前に彼を殺した。

ハンク　彼はどうかしている、ジーン——ただの嘘っぱちだ。

ピーター　へえ——そうかな？　ジーン——彼はあらゆる場所にボタンを仕掛けている——あのラジオキャビネットに仕込んだレコードを操作するために。最初に声がしたとき、ハンクはあのソファのそばにいた。いいかい、ジーン、そこに押しボタンがあるかどうか調べてくれ。

ジーン　（ゆっくりと下手のソファの端まで行き、ソファの左肘の下を手探りして、ついにボタンを見つけて押す）まあ！

ラジオ　「こちらはＷＩＴＳ局。今夜の娯楽の第一部は、お楽しみいただけたことと思う。皆さんが今、聞いているのは、主催者の声だ」

ジーン　ピーター！

ピーター　待って！（あたりを見回し、上手中央のテーブルへ向かう。テーブル後方の下を手探りし、ボタンを見つけて押す）

ラジオ　「飲んではいけない――。皆さんに喜んでお知らせしよう。アマルガメーテッド銀行のミスター・ジェイソン・オズグッドは、一分以内に死ぬ」

（ピーターとジーンが見ていないところで、ハンクはゆっくりと左足を動かし、上手側の椅子の右脚のスイッチを押す）

ピーター　（舞台中央を横切り）そして、レイド博士が撃たれたとき、ハンクはあの暗がりの中に立って、二丁のリヴォルヴァーを両手に一つずつ持っていた。それを同時に撃ったんだ。一発は博士の心臓を打ち抜いた――もう一発はガラスを割り――落ちてきたガラスがハンクの頭を切った。彼の傷は明らかに切り傷だった――銃弾によるものじゃない。彼はリヴォルヴァーの片方をベランダに放り、それをきみが見つけた。もう片方は――（舞台を横切ってハンクに近づき、調べる。左腕の下にリヴォルヴァーのホルスターを見つける）見てくれ、ジーン。マキシム・サイレンサーがまだ付いている。（銃をポケットに入れる）

ジーン　（舞台を横切りハンクに近づく）本当だわ――ハンクだったのね。

ピーター　ハンクに決まっている。

ジーン　（上手中央のハンクのところへ）ハンク――あなたがやったのね。なぜ？

ピーター　（下手テーブルの後ろを横切り、下手前方へ）そうだ、なぜな

んだ？

ハンク　それはぼくだけの秘密だ――きみたちには教えない。どちらにも。

ピーター　じゃあ、このことを誇りに思っているんだな？　自分のしたことを名誉だと思っているんだな？

ハンク　もちろんだ！

ジーン　どうかしてるわ！

ハンク　どうかしてる？　ハ、ハ！　いいや――今夜のぼくは、ここ五年間で一番正気だ――なぜなら、計画通りに事を進めたからだ。

ピーター　ほんのわずかでも、今夜したことに理由があるなら、それを話したらどうだ？

ハンク　いいだろう。話してやろう。今夜、真っ先に死ぬのは父の遺産管

理人、ジェイソン・オズグッドと決まっていた。ぼくが大学に行って家を離れていたとき、やつは母と妹から相続財産を奪った。妹のメアリーに父の後継者だといったんだ。妹はそれを信用し、やつはマーガレット・チザムの助けを借りて——妹を裏切った。こうしてマーガレット・チザムは生計を立てていたんだ。

ピーター 彼はサディスティックな狂人だ。メアリーのことは嘘だ。

ハンク 母は貧しさの中で死んだ。ぼくはマーガレット・チザムとジェイソン・オズグッドに、自分たちのしたことの代償を払わせようと心に決めた。そこでシルヴィアを訪ねた。彼女は力になるといってくれた——ところが、ティム・サーモンがそれをやめさせた。ふたりしてぼくを売ったんだ——彼らを信用したほかの人々を売ったように。

ジーン （舞台中央を動かず）別の方法があったはずよ——ほかにも知り合いはいたでしょう？

ハンク ほかの知り合い！ レイド博士！ ぼくを大学から追い出した男。

ピーターはきみの愛を奪った！　自分で正義を下す以外、この世に正義はないとわかったんだ――そこで、ひとつひとつ手順を計画した。ティム・サーモンのポケットに真空管を忍ばせた。シルヴィアの手が彼を撃つように仕向けたのはぼくだ。あの電報を送り、きみたちを観察した――きみたち全員を――そして、どう反応するかを知った――ひとり、またひとりと――ぼくは殺した――きみたちの番になるまで――そして、しくじった――。約束しただろう。きみたちがゲームに勝てば――目の前で死ぬと――だから、こうして死のう――。（素早い動作で、左手の小指にはまった指輪を歯で開け、粉砂糖を口に入れる）

ジーン　（彼の後ろへ駆けつけ）ピーター――何か飲んだわ。

ピーター　（上手に急行し、上手中央テーブルの正面にいるハンクの前へ）見ろ、ジーン――指輪に毒を仕込んでいる！（ジーン、驚きの声をあげる）

ハンク　（ほとんどささやき声で）そうだ。ピーター――ピーター――聞いてくれ――ふたりとも聞いてくれ――きみたちにいいたいことがある

――知ってほしいことが。

ピーター　（上手テーブルの上手側に座る）聞こえないよ、ハンク。

ハンク　いいか、ピーター――ピーター――真実を知らせよう。きみたちふたりは三十秒後に死ぬ。（ジーン、悲鳴をあげて、急いでピーターを椅子から立たせる。ピーターが立ち上がって下手へ急行すると同時に、電流が素早くオンになる）

ピーター　（下手長椅子の手前で、ハンクから奪った銃をポケットから出す）これが最後の仕掛けなんだな、ハンク！　電気を切れ！（長い間ののち、ハンクは左足で、電気椅子の右脚に取りつけられたスイッチを押す。電流がオフになる）あのドアの電気を切る方法は？

ハンク　きみにはできない。

ピーター　ジーン――ハンクの紐をほどいてくれ。

（警告の幕）

ジーン　怖いわ。

ピーター　やるんだ！（ジーン、苦労して上手テーブルの後ろを通り、ハンクの後ろに立ってストラップをほどくと、床に落とす）さあ――やるんだ。（間）やるんだ！

ハンク　ぼくが拒否したら――殺すつもりだな――。

ピーター　ハンク、今度こそ、きみにどれほどの度胸があるかを見せてもらう。一分以内にあのドアを開けなければ、撃つ！

ジーン　（苦労してテーブルの上手へ。間があって、ハンクに）お願い、ハンク！（間。ハンク、彼女を見て、下手長椅子の前にいるピーターに目を戻す）お願い！

ハンク　（間を置き、ゆっくりと立ち上がって、下手長椅子の後ろを横切

り下手後方のドアR１の前へ行く。ピーターはハンクに狙いをつけたまま、その後を追って舞台中央後方へ）ドアはふたつのスイッチで操作される。ひとつはこの壁についている。これは電流をオンにする。こんなふうに――わかるか？（電流がドアに走る。照明がちらつき、暗くなる。ハンク、下手長椅子の手前を横切り上手中央後方へ。ラジオの後ろのキャビネットに別のボタンがあり、ハンク、話しながらそれを押す）そして、これが電流をオフにする。（電流がオフになる。照明が完全につく）そして、ドアを開ける。（ドアR２のラッチが外れる音がして、ゆっくりとドアが開く。上手にいたジーン、舞台を横切り下手前方にいるピーターに近づく。ハンクは舞台後方の上手中央に向かう。ピーターとジーンに）これで安全だ。

ピーター　これも別の仕掛けか、ハンク？

ハンク　（舞台中央に来て）もう仕掛けはないよ、ピーター。

ジーン　行きましょう、ピーター。（ジーンとピーター、ドアR２へ向かう）警察を呼ぶことはないわ。裁判は面倒だもの。（ジーンとピーター、

Ｒ２から退場）

ハンク、ラジオのキャビネットの後ろのボタンに近づき、それを押すと、ドアがゆっくりと閉じる。上手後方の部屋の隅へ向かい、青酸の入った瓶を取り上げる。上手テーブルの後ろへ行き、グラスに毒薬を注ぎはじめる――それと同時に

幕

衣　装

ミセス・チザム……イヴニングドレス――コーラル
ジーン……イヴニングドレス――白
シルヴィア……イヴニングドレス――黒
オズグッド……正装（帽子やオーバーはなし）
ティム……ディナージャケット（帽子――コート）
ハンク……ディナージャケット（帽子――コート）
レイド博士……正装（帽子――コート）
執事……夜会用の執事服

小道具の配置案

セットの概要

背景幕は暗い青一色。三幕とも夜。第一幕と第二幕では、中央後方の舞台外に月明かりが射している。第三幕では、青いスポット三つを除き、中央後方の舞台外に照明はない。

　中央後方の舞台外、舞台を横切るように、現代的なデザインの石色の胸壁。下手から上手に向かって階段状に低くなっていく。下手側は高さ約六フィート、上手側は約四フィート。

　胸壁の上には、花でいっぱいの緑色のフラワーボックスが置かれ、壁には蔦が這（は）っている。

　中央後方の舞台外には、舞台を横切るようにプラットフォーム。幅四フィート、高さ九インチで、石色のカーペットを敷き、歩くときにうつろな

音が出ないようにする。

舞台上

セット上方の黒い装飾などを除き、銀一色（銀箔またはアルミニウム）にする。

いかなる壁装飾も施さない。

床の敷物は黒一色に白い星と三日月がふんだんに散りばめられている（合計二十四個ほど）。星は直径六インチから一フィートとさまざま。三日月は長さ六インチから十八インチとさまざま。

敷物の下には、カーペットまたはパッドを敷く。

ドアR〔舞台デザイン図にRという ドアはない。R3のことか〕およびR1は、内側と舞台後方に向かって開いている。L1は外側に向かって開き、舞台後方側に蝶番（ちょうつがい）。

R1奥の部屋は暗い。

L1奥の廊下は明るい。

五フィートのアーチL2。

このアーチの後方に大きな三つ折りの衝立。

このアーチ後方の三つ折りの衝立は、ヴィクトローラの蓄音機とマイク

が載ったテーブルと、「ラジオの声」を演じる俳優用の椅子を隠している。劇中、この入場は音を立ててはならない。声は「マイク」を通じて観客に届けられる。

黒いベロアまたはビロードのカーテンが、中央後方のラジオキャビネットの両側にあるフランス窓と、アーチL2、大きなカーブを描くアーチR2にかけられている。これらのカーテンは、窓RCの上手側、つまり「博士」が死んでプラットフォームに倒れるときに引き下ろされるものを除いて、実用的なものでなくてよい。

ラジオの真後ろの胸壁には穴を開け、ラジオが機能しない場合に俳優が「ラジオの声」をそこから演じ、キャビネットの背後から台詞をいえるようにする。また、キャビネットが据えられた壁には大きな穴を開け、故障した場合に電気技師が劇の最中に修理できるようにしておく。

家具と小道具

天板が丸い、小さな低いスタンド。モダンなものが望ましい。上部はベークライト、脚はクロム。下手前方のドアの後ろ、下手の壁沿いに配置。モダンなマッチと灰皿が、このスタンドの上に置かれる。

小さくて装飾的な、高さ四インチの「おどけた」鳥が、このスタンドの上に置かれる。

小さくてモダンなサイドチェアが、平面図に従って下手前方に置かれる。六インチ四方の小さな正方形の天板のスタンドが、サイドチェアの奥、ほぼ触れそうな場所に置かれる。葉巻とマッチの入った、モダンな葉巻の保湿箱がその上に置かれる。

大きくてモダンな、詰め物をした緑の長椅子、俳優が心地よく寄りかかれる予備のクッションが置かれたものが、平面図に従って配置される。

モダンな細長いテーブル（ベークライトの天板、クロムの脚）が、長椅子の奥すれすれに置かれる。

モダンで実用的なランプが、このテーブルの中央に置かれる。

モダンなブックエンドに挟まれた五冊の立派な本が、このテーブルの下手前方の端に置かれる。

マッチスタンドと葉巻の入った葉巻箱が、このテーブルの上手側の端に置かれる。

二冊の本が、このテーブルの端、上手後方に置かれる（第三幕でこの上にリヴォルヴァーが置かれる）。

注：ランプの電源ケーブルの上には黒いカーペットを敷き、俳優がつま

ずかないようにする。また、ランプはテーブルにワイヤーで固定する。

緑のクッションを置いた大きくてモダンな肘掛椅子が、下手後方の窓の下の一角に置かれる。下手の壁に切り込みを入れ、下枠は床から五フィートほど上に位置する。この肘掛椅子は、上手前方のドアと向かい合う角度で配置される。

緑のクッションを備えた小さな肘掛椅子が、中央後方のラジオキャビネットの下手側に置かれ、真正面に向けられる。

黒と銀のラジオキャビネットが、中央後方の窓の間、後ろの壁の前、高さ九インチの銀の「階段状の」小さなプラットフォームに置かれる。

モダンで装飾的な浮彫のランプ、幅八インチ、高さ十インチほどの実用的な浅浮彫のガラス製のものが、中央のラジオキャビネットの上に掛けられている。

細長いモダンなテーブルが、平面図に従って上手前方に置かれる。

現代美術の装飾品が、このテーブルの棚に置かれている。

赤い表紙の揃いの本三冊が、二段目の棚に置かれている。

二冊目（真ん中）の本の中に、ドアの鍵。

現代美術のガラスと銀でできた葉巻箱が、テーブルの上に置かれる。

現代美術のマッチスタンドがテーブルの上に置かれる。

現代美術のライターがそのすぐ奥に置かれる。

茶色の大きな肘掛椅子が、このテーブルの下手側に置かれ、真正面に向けられる。背には第三幕で「ハンク」が縛りつけられるための分厚いクッション。

大きな黒い肘掛椅子が、平面図に従ってこのテーブルの上手に、下手を向いて置かれている。劇の最中、一貫してシルクのショールがこの椅子の背にかけられ、ネオンの明かりを隠している。薄いため、明かりがつくと透けて見える。

上手後方の角にキャビネット。高さ五フィートのモダンなもので、棚には装飾品。

上から二段目の棚には、水の入った銀の蓋のガラス瓶。ラベルに「青酸」と書かれている。瓶は高さ八インチ、幅三インチで、奥行きは一インチ半。

舞台外の小道具

窓RCの外
火薬の入っていない薬莢を込めたリヴォルヴァー（マキシム・サイレン

サーの効果音)。

合図で割られる薄い板ガラス。

それを割るハンマー。

後方の窓RCの下手側のプラットフォーム、正面からは見えない胸壁の下に三二口径のリヴォルヴァーが置かれる(ジーンが第三幕で使用)。長さ三インチのサイレンサーが取り付けられている。

中央後方のプラットフォーム、ラジオキャビネットの外に、三幕で「博士」が落ちるパッド。

上手後方アーチの外の小道具テーブルの上
血のように赤いカクテルグラスが八つ載ったトレイ(第一幕で使用)。
トレイの上に、装飾を施した大きなカクテルシェーカー(実用的で、蓋が外せるもの)。

三幕用の別のトレイの上
実用的なサイフォンソーダ。
ハイボールグラス。
偽のウィスキー。

銅鑼の音と時を知らせる効果音のための、銅鑼（小）とばち。

ヨードチンキの小瓶。

脱脂綿の入った小箱。

幅四インチの包帯（長さ四フィートに切り、端を六インチずつ重ねて巻いておき、俳優が包帯を切った演技ができるようにする）。

刃渡り五インチのハサミ。

片方の端にスナップフック、もう片方の端にリングが付いたトランク用のストラップ（「ハンク」の胸に渡し、両方の上腕に一周させてから上手の下手側肘掛椅子の背に回せる長さに切っておく）。

携帯する小道具
ジーン、ミセス・チザム、シルヴィア用のハンドバッグ。

ハンク用のショルダーホルスターと、偽のマキシム・サイレンサー付きの三二口径リヴォルヴァー。

印刷された（タイプされた）電報。ト書きに従って博士、ティム、シルヴィアが使用。

ミセス・チザム用のくしゃくしゃの手紙（封筒はなし）。

シルヴィア用のタイプ打ちの手紙。封筒はなし。第二幕で使用。

三二口径リヴォルヴァー、ティムが携帯（尻ポケット）、真空管（上着の右ポケット）。

広報用資料
地元紙を通じての宣伝

報道機関は、公演の宣伝に大いに役立つ。大都市の新聞による高評価の劇評は、常に地元の観客の興味を引くと信じて、こうした劇評の抜粋を掲載する。

また、プレスリリース案を追加しておく。このまま使うか、意図に応じて変更を加え、地元の報道機関に送ることができる。

「すっかり夢中になって、ゴム靴を忘れて帰るところだった」——チャス・コリンズ『シカゴ・トリビューン』紙

「批評家たちはいつもより遅くまで残り、誰ひとり居眠りをしなかった。

劇中を通じて演技は脚本に一致していて、ほかの推理(ミステリ)メロドラマと比べてあまりにも優れているため、『九番目の招待客』はここ数シーズンで最も興味深く、知的に攪乱させられる劇だといいたい誘惑に駆られている」
——アシュトン・スティーヴンス『シカゴ・ヘラルド・アンド・イグザミナー』紙

「『九番目の招待客』はお勧めできる」——ゲイル・ボーデン『シカゴ・タイムズ』紙

「最も現代的で気のきいた、ドラマツルギーの希少種——楽しいエンターテインメント」——フリッツィ・ブロッキ『シカゴ・イヴニング・アメリカン』紙

「『九番目の招待客』は、推理劇(ミステリ・プレイ)のファンが求めるすべてのものを備えている——テンポが速く、数多くのスリルに満ちたクライマックスがある」
——H・T・M『フィラデルフィア・イヴニング・レジャー』紙

「最も独創的でエキサイティングな推理劇」——A・B・ウォーターズ

『フィラデルフィア・パブリック・レジャー』紙

「六人の客が定められた最期を迎えるたび、観客は隣の客の腕をつかんで、おお、ああと声をあげながら、楽しいひとときを過ごしていた」――『フィラデルフィア・イヴニング・ブレティン』紙

地元の演劇ファンが推理劇や映画の犯人を当てるのがどれだけ上手でも、次の○○の夜に○○劇場で○○劇団によって初上演されるこの劇で、タイトルとなっている『九番目の招待客』が何者かを推測することはできないと保証する。

八人の客が、それぞれ受け取った謎の電報によって、ビエンヴィル・ペントハウスに集められる。到着した客たちは、全員が互いに特定の人物を激しく憎んでいることに気づく――やがて、謎の声がラジオから流れ、朝までに全員が自らの手で死ぬことになると告げる。彼らは逃げようとするが、自分たちが逃げ出すことのできない囚人であることがわかる。そして、死が彼らに忍び寄る。『九番目の招待客』は、血も凍るような恐怖の二時間であり、劇場での一夜で観客が耐えられる限りのスリルと興奮に満ちている。地元の大衆は推理劇を好むのが常であるため、『九番目の招待客』

は今シーズン最も人気を博す作品になるだろう。

何かが起きている。次の月曜日の夜、○○劇場にて○○劇団によって初上演される、オーエン・デイヴィス作の驚くべき最新推理劇『九番目の招待客』の第一幕が上がったとき、それはスリルと興奮の沸点に達するだろう。

「九番目」の招待客とは誰かとあなたは問うかもしれない。演劇ファンを悩ませるに違いない質問について、事前に情報を流すのは新聞の役目ではないが、このことは検閲による削除を恐れずに語ることはできない。八人の人物が、二十階建てのビルの最上階のペントハウスで開かれるパーティーに呼び集められる。全員が、ユニークで、珍しい、独創的なパーティーの一夜を約束されるが、主催者が何者であるかは知らされていない。ひとりずつ到着した客は、ほかの客が互いに宿敵であることに気づく。最後の八人目の客が到着すると、どこからか謎の声が聞こえ、もうひとりの客が来ると告げる――。彼らをもてなし、主催者の役割を演じるのは死だ。

自分がこのパーティーのメンバーだとしたら、あなたはどうするだろう？　当然、逃げようとするだろうし、八人全員がそうしようとする。ところが、彼らは自分たちが世界から切り離され、下の通りへ逃げる手立て

がないことを知る。やがて、ひとりひとりに死が訪れると、彼らは九番目の招待客がすでにそこにいることに気づく。

地元の演劇ファンは推理劇を好むに違いない。また、『九番目の招待客』は、ほかの推理スリラーが終わるところからスリルが始まるともいわれている。〇〇劇場での公演がそれを証明するだろう。証明するのは〇〇劇団である。

次の〇〇の夜から、〇〇劇場にて、〇〇劇団が『九番目の招待客』という タイトルの人気の戯曲を上演する。これはグウェン・ブリストウとブルース・マニングの小説を基に、オーエン・デイヴィスによって書かれた推理劇だ。物語は地上二十階建てのオフィスビルの屋上にあるペントハウスで開かれた異常なパーティーをめぐって展開する。このペントハウスに、八人の人物が招かれる。明らかに奇妙なパーティーで、登場人物のひとりは「**誰もが、一緒に死んでいるところを絶対に見つけられたくない人物がここにいるのを知っている**」と指摘する。八人は突如として、自分たちがペントハウスに閉じ込められ、脱出の手段がないことに気づく。そして、恐ろしい死という形を取って現れる九番目の招待客を待つしかなくなる。謎に謎が重なり、スリルに次ぐスリルが訪れ、やがて、立て続けに起こる

不気味な出来事の答えが明らかになる。『九番目の招待客』は地元の演劇ファンにとって、劇場で経験できる最も興奮すべき夜となること請け合いである。

時計が十一時を打つと、客たちがビエンヴィル・ペントハウスに到着しはじめる。最も変わった一夜、変わったパーティーを約束されて。これが『九番目の招待客』の、奇妙な謎とぞくぞくするようなスリルに満ちた二時間の幕開けである。現在のところ、同世代で最高の推理サスペンスといわれるこの劇が、地元の舞台で初上演されることとなった。来週月曜日の夜、○○劇団の出し物として○○劇場で上演される。脚本は、現役の劇作家の誰よりも成功しているオーエン・デイヴィスで、グウェン・ブリストウとブルース・マニングの小説に基づいている。

ひとり、またひとりとやってきた客は、互いにほかの客がパーティーの主催者ではないかと訴える。ついに八人の客が集まり、全員で主催者は誰かと議論しているところへ、執事もその謎の人物が何者かを知らないと、落ち着き払って伝える。ところが、執事のホーキンスがラジオをつけると、電波に乗った声が、一同が求めていた質問の答えを明かす。

ラジオの声は彼らに、これから生死をかけた最も異常なゲームを行うと

告げる——全員が朝までに、しかも自分自身の手で死ぬことになると。客たちは、この地上二十階のペントハウスに閉じ込められ、いかなる脱出手段もないことに気づいてパニックに襲われる。彼らは、ドアには人を死に至らしめるほどの電気が流れており、九番目の招待客が死であることを知らされる。奇妙な取り合わせの客たちが、互いを誰よりも憎んでいることを思えば、当然その後に際限のない興奮が続くことは容易にわかるだろう。そのため、心臓の弱い地元の演劇ファンには、『九番目の招待客』が舞台に乗るときには○○劇場から距離を置くことをお勧めする。

地元の演劇ファンが、今も一流の推理劇にスリルと興奮を求めているとすれば、来週○○劇場へ足を運び、○○劇団が演じるオーエン・デイヴィスの最新スリラー『九番目の招待客』を観るべきだ。『九番目の招待客』は、推理サスペンス草創期の大半の作品のような、落とし戸や物理的なまやかしを使った作品ではない。そこには『吸血鬼ドラキュラ』やエドガー・アラン・ポーの傑作に似た不気味な心理劇があるという評判だ。

大なり小なり有名な八人の人物が、同じ文面の電報でパーティーに呼び出される。高くそびえるビルの屋上のペントハウスで、下の通りは真夜中

には人けがなくなる。彼らは奇妙な取り合わせのメンバーで、全員が知識人であり、全員がパーティーのほかのメンバーを、殺人も辞さないほどの憎悪に満ちた理由で激しく嫌っている。しかし、さっぱりとした性格の彼らは正体不明の主催者の悪魔的なユーモアを察して、お互いの敵意は脇にどけてその夜を楽しもうとする。

間もなく彼らは、自分たちが飲み食いして楽しく過ごすだけでない、冷酷な目的のために集められたことに気づく。ラジオの声が、彼らは今夜、ひとりずつ死ぬことになると告げたのだ――ただし、無慈悲で理不尽な気まぐれによるものでなく、自分自身のせいで死ぬのだと。

ラジオの声はさらに、彼らが囚われの身で、外界とのコミュニケーションが絶たれていること、また階下への階段に通じる唯一のドアには、死に至るほどの電気が流れているため、脱出できないことを告げる。

この状況は第一幕の冒頭で明らかになり、観客は三幕を通じて、心理的・身体的展開を口を開けて見守ることになる。ラジオのスピーカーから流れる声は、囚われた人々を冷静に破滅へと追いやる――自ら死に赴くように仕向けるのだ。ひとり、またひとりと、彼らは自らの邪悪な心の犠牲となる。映画女優、女性弁護士、社交界のリーダーである女性の三人は、政治家、博士、教授、新聞記者、大企業の重鎮という五人の男性とともに

閉じ込められる。

　イプセンや非情なロシアの作家の作品で、魂が丸裸にされるのには耐えがたいものがある。オーエン・デイヴィスの手にかかると、それは恐怖とサスペンスによって際立たされた、スリルと興奮に満ちたひとときとなる。『九番目の招待客』は、〇〇劇場を町の人気スポットにするだろうし、すでに人気の劇団は、その人気を計り知れないものにするだろう。


　〇〇劇場にて〇〇劇団により、来週地元で初上演される『九番目の招待客』は、この種の傑出した演劇で最も重要な要素を備えている。頭を混乱させるような複雑さに頼らない、巧みで斬新なプロットである。むしろ、いわゆるスリラーの多くに見られる込み入った迷路の代わりに、『九番目の招待客』はひとつの謎に基づいてまっすぐに物語が展開し、その謎は最終的に解明される。秘密の通路、隙間から出てくる骨のような手、夢遊病者、幽霊、愚かな従者といったものに頼るのではなく、この劇では論理的な問題が徐々に進行し、最後まで知性への挑戦でありつづけるのだ。

　八人の著名な男女が、署名のない電報によってパーティーに招待される。次々と到着する客は、ほかの招待客の中に憎むべき敵がいるのに気づくが、誰も主催者の正体を知らない。彼らが憤慨して帰ろうとするところ

へ、ラジオからの声が、彼らをここへ集めた目的を告げる。それは、ある状況を作って、夜のうちにひとりずつ、自ら死を招くように仕向けることだった。さらに彼らは、逃げようとすれば突然の悲劇に見舞われると警告される。八人は、救いの手の届かないはるかに高いペントハウスで孤立する。死が「九番目の招待客」なのだ。生き残る望みはただひとつ、各自が先を見越し、見えない主催者の声の影響に抗えるほど優れた機知を持つことだ。

このような創意に富んだ状況を土台に、劇は作られている。巧みな操作によって、ある客が怪しいと思えば別の客が怪しくなり、執事が怪しいと思えば、また客が怪しくなる。メンバーは互いに、少なくともほかのひとりの死を期待する理由を持っている。クライマックスでは、最初の八人のうち生き残った三人だけになる。その結末は、まさに驚くべき、意外なものだ。

地元の演劇ファンが、『九番目の招待客』をシーズン中で最も面白く、スリルにあふれ、わくわくする演劇だと評価するのは間違いない。そこには教えられるべき教訓も、道徳もない――信条も信念も示されない――そこにあるのは、ただただ良質のエンターテインメントであり、緊張に満ちたドラマチックな三幕の劇の間、観客は推理しながら身を乗り出し、憶測

や疑問をめぐらせている間じゅう、張り詰めた興奮を感じつづけることだろう。

［製作総指揮］

山口雅也（やまぐち　まさや）

早稲田大学法学部卒業。大学在学中の一九七〇年代からミステリ関連書を多数上梓し、八九年に長編『生ける屍の死』で本格的な作家デビューを飾る。九四年に『ミステリーズ』が「このミステリーがすごい！'95年版」の国内編第一位に輝き、続いて同誌の二〇一八年の三十年間の国内第一位に『生ける屍の死』が選ばれKing of Kingsの称号を受ける。九五年には『日本殺人事件』で第48回日本推理作家協会賞（短編および連作短編集部門）を受賞。シリーズ物として《キッド・ピストルズ》や《垂里冴子》など。その他、第四の奇書『奇偶』、冒険小説『狩場最悪の航海記』、落語のミステリ化『落語魅捨理全集』などジャンルを超えた創作活動を続けている。近年はネットサイトのGolden Age Detectionに寄稿、『生ける屍の死』の英訳版*Death of Living Dead*の出版と同書のハリウッド映画化など、海外での評価も高まっている。

［訳者］

白須清美（しらす　きよみ）

翻訳家。訳書にフランシス・アイルズ『被告の女性に関しては』（晶文社）、デイヴィッド・イーリイ『タイムアウト』（河出書房新社）、パトリック・クェンティン『俳優パズル』（東京創元社）、カーター・ディクスン『パンチとジュディ』（早川書房）『五つの箱の死』（国書刊行会）、H・H・ホームズ『九人の偽聖者の密室』（国書刊行会）、マーティン・エドワーズ『探偵小説の黄金時代』（国書刊行会、共訳）他。

〔炉辺談話執筆〕

酔眼俊一郎（すいがん　しゅんいちろう）

一九六一年岩手県生まれ。明治大学在学中に「駿台企画研究会」を創設、学内外のイベントTV等で企画立案に携わる。パソコン通信NIFTY-Serveの「推理小説フォーラム」内で「古典ミステリ倶楽部」を主催。ダグラス・G・グリーン氏に誘われ、ミステリ愛好家グループGolden Age Detectionに参加。そこで知り合ったミステリ史研究者、ジェフリー・マークス、カーティス・エヴァンス、トニー・メダウォー諸氏と交流を続けている。『Gストリング殺人事件』（国書刊行会）解説を執筆。

奇想天外の本棚　山口雅也＝製作総指揮

九番目の招待客

二〇二三年九月十日初版第一刷印刷
二〇二三年九月二十日初版第一刷発行

著者　オーエン・デイヴィス
訳者　白須清美
発行者　佐藤今朝夫
発行所　株式会社国書刊行会
東京都板橋区志村一―十三―十五　〒一七四―〇〇五六
電話〇三―五九七〇―七四二一
ファクシミリ〇三―五九七〇―七四二七
URL : https://www.kokusho.co.jp
E-mail : info@kokusho.co.jp
装訂者　坂野公一（welle design）
印刷所　創栄図書印刷株式会社
製本所　株式会社ブックアート
ISBN978-4-336-07410-2 C0398
乱丁・落丁本は送料小社負担でお取り替え致します。

JN000173